悪役王子とお抱えの針子

一也

キャラ文庫

この作品はフィクションです。
実在の人物・団体・事件などにはいっさい関係ありません。

目次

口絵・本文イラスト／石田恵美

《アリアドネの糸》

非常に難しい状況から抜け出す際に、その道しるべとなるもの。
アテナイの英雄テセウスがラビリンスにいるミノタウロスを退治する際、糸をたぐって無事に帰れるよう、アリアドネが糸玉を渡した。

（ギリシャ神話より）

1

しまった。見つかった。殺されてしまう。

小さなフィンは、恐怖のあまり身を縮こまらせた。逃げ場などどこにもなく、自分に向かって伸ばされる手を翡翠色の瞳に映すしかなかった。こんなところまで来たのがいけなかったのだ。

新月の日に力が弱まるのを知っていながら散歩に出たのは、風があまりにも心地よかったからだ。暗闇に紛れて糸を風に乗せ、躰を預け、促されるまま従う。まさか風に揺られながら眠ってしまうとは思っていなかった。

目を覚ました時は、手入れの行き届いた中庭だった。歩くと高い密度で生えた芝がきちんと刈り込んであるのが確認でき、塀に沿って立派な庭木がいくつも並んでいるのが闇にうっすら浮かんで見える。微かに香る匂いから、花壇いっぱいに花が咲き誇っているのもわかった。フィンの住まいも自然に囲まれているが、庭師の手が入ったものはまったく違う。

城の窓から漏れる光に、ここが王家の別荘だと気づいて慌てて逃げようとしたが、その時すでに彼はこちらに向かっているところだった。

ごめんなさい、父様、母様。

フィンは無防備な姿で出かけたことを後悔した。このまま帰らなかったら、両親は嘆き悲しむだろう。自分たちの息子が無事なのか命を落としたのかすらわからないまま、長い時間を過ごすに違いない。

しかし、目の前の彼が発したのはフィンを絶望から救う言葉だった。

「迷い込んだのか。こんなところにいたら殺されるぞ。ほら、今のうちに逃げろ」

自分を罰すると思っていた手は、優しくフィンを迎えた。こっちへ来いとばかりに指で促され、戸惑いながらも従う。フィンを隠して連れていく彼の胸元に安らぎを覚えながら、護られるように別荘の外まで運ばれた。

「ここまで来ればもう大丈夫だ」

闇に包まれた新月の夜は、目を凝らしても周りがよく見えない。特にフィンは、普段よりずっと視力が落ちる。

けれども自分を助けようとする彼の光沢のある瞳だけは、はっきりと闇に浮かんで見えた。瞳孔は深淵のようで、上品な輝きを纏った琥珀色の虹彩もそれと同じ黒で縁取られている。中心に向かう放射状のいくつものラインが入っていて、吸い込まれそうだった。

それなのに、不思議と怖くはない。

灯りのない新月の夜に、瞳だけが優しく輝いている。まるで月の代わりに夜を照らそうというように。

「もうここへは来るなよ」

そっと送り出されたフィンは糸を出し、風に乗せた。城から遠く離れると、今来た道をふり返る。自分を見あげる人影は小さくなっていたが、それでも彼の瞳だけははっきりと捉えられた。

闇に浮かぶ二つの琥珀。

なんて美しいのだろう。長い年月をかけて生まれた化石のようなそれは、深く、広がりがあって、落ち着いた輝きを放っている。

フィンがいたのは王家の別荘の中でも第一王子であるエセルバートがよく使っている場所だった。彼は『立派な』『高貴な』という意味の『エセル』を亡き王から受け継いだ唯一の王子で、次期国王でもある。

では、彼が。

胸がトクトク鳴っていた。まさか、第一王子が自分を助けるとは思っていなかった。王家の別荘に無断で入り込むのはたとえ貴族でも許されないのに、自分のような者を王子がこっそり逃がすなど、いったい誰が想像するだろうか。

信じられない思いとともに、フィンは自分の姿を確認した。

四対の手脚。六つの翡翠色の目。腹の先端から糸を出している。新月の夜だけとはいえ、小さな蜘蛛の姿になるフィンは、彼の優しさをその瞳の色の深さ以上に底なしだと感じた。そして、大事なものを宝箱にしまうように、そっと彼の名前を心の中で唱える。

エセルバート王子。

彼にお礼がしたい。彼の力になりたい。

農民として生きているフィンにそんなことができるはずはないが、望みを持つくらいはできる。

それは、フィンが初めて抱いた恋心だった。

フィンが両親とともに暮らす『セルセンフォート』は、織物の国だ。

一年中温暖な気候に恵まれたこの国では養蚕業が盛んに行われており、絹やその加工品を国外に売って富を得ている。絹は同じ重さの金と同等の価値があり、それを纏うことは豊かさの象徴でもあった。特にセルセンフォート製の絹は品質のみならず、加工技術が他のどの国も真似できないほど優れている。

今から五百年ほど前にモルスリー家の当主・エセルウルフがこの土地を治め、国王となったのがこの国のはじまりだ。その頃は小国で外交もほとんどされていなかったが、なぜこれほどの技術を得ることができたのか。

それには人類と怪物との長い歴史が関わっている。

かつて世界中には何種類もの怪物がいたが、中でもこの辺りには蜘蛛の怪物が多数存在していた。刺繡の名手として名高い『アラクネル』と呼ばれる一族だ。

初代国王・エセルウルフは、そこに目をつけた。

上半身が人間で下半身が蜘蛛の姿をした彼らは、蚕が紡ぐのと同じ素材の糸『スパイダーシルク』を吐いて刺繡を施すことができる。本人の意志でどんな色にもなるそれは、染める必要がないばかりか、人間では再現できない色合いを表現できるのだ。

そこで初代国王は彼らをセルセンフォートの民として迎え、共存の道を選んだ。彼らの技術を学び、受け継ぎ、進化させた。

だが、世の中は変わっていく。

怪物の中には獣の姿をし、人を喰らう者もいて、諸外国で犠牲になる人間もいた。人間は自分にはない力を持った怪物を恐れるようになり、排除する動きが加速し、その波はセルセンフォートにも押し寄せる。

いつしか分断と対立が生まれ、共存関係を保てなくなっていった。数で勝る人間が怪物を大量虐殺した歴史もあり、怪物は人間を憎んでいるという常識が生まれ、完全に道を分かつことになった。

数百年が経った現在までそれは続いたが、十五年ほど前に決定的な出来事が起きる。

当時国を治めていた国王、エセルスタンの弟が蜘蛛（アラクネル）の怪物に喰い殺された事件だ。

亡き王の弟が恋した相手は蜘蛛の怪物で、人間の姿を借りて針子として働いていた。誰も彼女をそれだとは気づかず、あまりに見事な刺繍を施すために王の弟の専属となった。

ところがある日、彼女は人を喰いたいという衝動を抑えきれず王の弟を喰らい、そして逃亡した。

この一件が、改めて怪物との共存は無理だと人々に知らしめたのは言うまでもない。

王の悲しみは計り知れず、病となって命を落とした。女王・アンの怒りはすさまじく、新たな法律を制定した。

穢（けが）らわしい蜘蛛は、それがたとえ小さな虫でさえも殺さなければならない。

それはアン王妃が亡き王のあとを継いで最初にした仕事だった。

一面に広がる山桑の葉の上で、新しい日を迎えるフィンを祝福しているかのように朝露が光っていた。肥えた大地からの恵みのおかげで青葉はみずみずしく、溢（あふ）れんばかりの命を感じることができる。夜が明けたばかりの新鮮な光からは、喜びの声すら聞こえてきそうだ。広がる青葉の下の影までもが、静かにおめでとうと話しかけてくる。

王子の針子として王宮へ向かう朝は、目の前にあるすべてのものが美しく見えた。

「父様、母様。行ってきます」

フィンは朝霧の湿り気がまだ残る早朝の爽（さわ）やかな空気を吸い込み、両親に挨拶（あいさつ）した。

乳白色の肌。大人になりきれていない細い骨格。肩幅も狭く、華奢（きゃしゃ）で、よく頼りないと言われる。だが、まっすぐな瞳には強い意志を宿らせていた。女性的と言われがちなふっくらした唇をキュッと引き締め、新しい旅立ちに備えている。

翡翠色の瞳はこの国ではめずらしく、素直な髪は光が当たると絹のように艶（つや）やかに光った。国の中でもより国境に近いへんぴなところに住んでいなければ、少しは話題になったかもしれない。

綿の質素な農民服を着ている両親とは違い、フィンは貴族以上の地位に許された絹素材の衣服を身につけていた。国から支給されたものだ。

柔らかなブラウスには光沢があり、ベストは縫製がしっかりしていて躰にフィットしている。細身のキュロットの裾（すそ）には釦（ボタン）があしらわれていて、白いタイツを穿（は）いた細いふくらはぎが伸びていた。靴は土の大地を踏みしめるようには作られておらず、少々歩きづらい。

「フィン。本当に行ってしまうのね」

使い込んだエプロンで涙を拭（ふ）く母の顔を見て、フィンはその手を取った。

「大丈夫だよ。心配しないで。僕はもう十八だ」

「フィンの言うとおりだよ、母さん。お前が王子の針子になりたいと言いだした時はわたしも驚いたが、自分で自分の道を決める歳になった。応援しているよ。その目で世の中を見てきなさい。楽しいことばかりではないが、物事の本質を知るには狭い世界から飛びだすことも必要だ」

「ありがとう、父様。僕は、僕が得意な刺繍で自分の未来を切り開きたい。刺繍が好きでよかったって、これほど嬉しく思ったことはないんだ」

「お前を誇りに思うよ。技術を存分に磨いて、この国に住む人々の役に立ちなさい。それは、お前自身を幸せにすることでもあるのだからね」

頷くと、母が念を押すように握った手に力を籠めた。

「だけどフィン。気をつけて。あの技術だけは使わないようにね。あなたの命に関わることよ」

「うん。わかってる」

新月の日に王子に助けられてから、三年もの月日が経っていた。あの時に抱いた王子への感謝は、彼の針子になる夢へと変わっていた。

豊かな大地と温暖な気候に加え、先祖より受け継がれてきた技術により国は繁栄してきた。だからこそ、絹の加工に携わる者の地位は高い。農民として生きてきたフィンが階級社会で唯

一、王家の者に近づける方法だ。

だが、単にそれだけではなかった。

フィンは刺繍が大好きだ。一度没頭すると声をかけられても気づかないほど熱中してしまう。何度両親に苦笑いされただろう。

基本のステッチだけでも二十種類以上あり、それらを使いわけてあらゆるものを表現する。面を糸で埋め、線を描き、立体的に浮かびあがらせる。特に動植物をモチーフにしたものは命の息吹（いぶき）すら感じて心が躍った。それは実在するものでなくともいい。想像上のものですら、刺繍は目の前に存在させてくれるのだ。

また、単色の糸を使い、その太さを変えることで濃淡を表現する技法や薄く透ける素材に刺繍を施すシャドーワークの技術。それらを会得するためには根気やセンス、才能が必要で、そのぶん完成したものは命が宿ったかのような繊細な美を放つ。

フィンが刺繍の虜（とりこ）になる理由だ。

蚕を育て、絹を生産する農民の立場のフィンだからこそ材料はふんだんにある。王家に献上する絹の量により支給される銀貨の量が決まってくるが、両親は惜しみなくフィンに材料を与えてくれた。

そんな環境に育まれた刺繍の技術で王子の針子になれば、両親への恩返しにもなる。

「あの姿も見られないようにね」

「平気だよ、母様。王子の針子は、それぞれ自分の部屋を用意されてる。決して刺繍をしているところを見られないようにするから」

「ああ、フィン。あなたの安全を祈ってるわ」

母がこれほど心配するのには、理由があった。

人間と怪物が分断されてから長い年月が経ったが、それでも時折、そんな常識を越えて愛し合う者たちがいる。

フィンの両親がまさにそうだった。

母は人ではない。かつてこの国に多く存在した蜘蛛の怪物だ。そうとわかっていながらも父は母を愛し、母はフィンを身籠もった。

普段は人の姿をしているが、本来は上半身が人間で下半身が蜘蛛という姿だ。四対の手脚を持ち、口の中にある穴から蜘蛛の糸（スパイダーシルク）を出す。絹と同じ成分のそれは絹よりずっと細く、ずっと強靭（きょうじん）で、見事な刺繍を施せるのだ。

けれども母は人を襲ったことはない。喰らったことも。

亡き王の弟がなぜ針子だった蜘蛛の怪物の餌食（えじき）になったのかは、わからなかった。同じ怪物でも、人を喰いたがる者とそうでない者がいるのかもしれない。

そんな話は誰も信じないだろうが。

「大丈夫。僕が蜘蛛の姿になるのは新月の時だけだから」

「ええ、そうね。ずっと不憫な思いをさせてごめんなさい。わたしたちの子でなければ、隠れるようにこんなところで暮らさずに済んだのに」

「ちっとも不憫だなんて思ったことないよ。父様と母様は純粋に愛し合ったんだ。僕はその証しなんだよ。僕は二人の子供でよかったって思ってる」

フィンが針子として王宮で働くのは、危険だった。

彼は母のような怪物の姿を持たないが、新月の夜に小さな蜘蛛になる。口の中の穴から蜘蛛の糸を出して刺繍をすることもでき、母から受け継いだ技術を使えば、模様に特別な力を纏わせることも可能だった。

「あなたの幸せだけを願っているわ」

「フィン、お前が幸せでいられることを母さんと毎晩祈るよ」

「ありがとう。僕も父様と母様の幸せを願ってる。そろそろ迎えが来るから、家の中に入って」

両親に別れを告げたフィンは、馬車の音がするほうに目を遣った。山桑の間を、豪奢な馬車が進んでくる。それはフィンの家の前で停まった。中から出てきたのは、白い口ひげを生やした白髪の男性だ。使用人を束ねる執事だと聞いている。

金釦のついた黒いジャケットには、この国の誇る刺繍の技術が集約されており、上着の袖からはブラウスのフリルが覗いていた。胸元を飾るスカーフは光沢があり、贅沢な品だとわかる。

「フィン様でございますね。お迎えにあがりました。お荷物がございましたらどうぞ」

柔らかな物腰で言われ、頭をさげられる立場になったことのないフィンは、戸惑いながらわずかな私物の入った鞄を渡して馬車に乗り込んだ。窓からこっそりこちらを見る両親に小さく手を振り、住み慣れた家を離れる。

執事は静かに座っているだけで居心地が悪かったが、窓の外を見ていると心が落ち着いた。

一面の山桑が広がる景色の中を、馬車は静かに進んだ。絹で発展してきた国とあってかなりの広さだが、中心に近づくにつれて少しずつ様子が変わってくる。森が見えてきた。

この辺りには王族の別荘もあり、気高さを感じる山の稜線や美しい湖が望める。さらに進むと再び桑畑が広がっていて、太陽が空の一番高いところまで昇りきる頃、城壁が確認できた。あそこから先は、農民がなかなか立ち入る機会のない市街地だ。

馬車は城門の前でいったん停まり、すぐに走りだす。蹄と車輪の音が変わった。地面が石畳になったのだ。ここに入るのは試験のあった日以来だった。

あれからいくつもの夜が過ぎ、今日の日を迎えた。

それまで静かに窓の外を眺めていたフィンだが、思わず感嘆の声をあげる。

「わ、綺麗だ」

試験当日は緊張のあまり街並みを見る余裕などなかったが、改めて見ると、自分の国がいかに美しいのかがわかった。家の庭には樹や花が植えてあり、街は彩りに溢れている。フィンは母の事情もあって人目を避けるように生きてきたため、豊かさとは縁遠い生活を送ってきたが、色とりどりの花たちはまさに富の象徴だった。

これからはじまる新しい生活に、胸が躍る。質素な暮らしに不満はなかったが、まだ十八だ。知らなかった世界に踏み出す昂りを、なかなか抑えられなくて当然だった。

謁見の間には採用された王子専属の針子たちが五十人ほど集まっていた。これから行われる式典で、アン女王の名により正式な針子として認められる。

フィンはポカンと口を開けて天井を見あげた。一面の美しい絵画は、まるで楽園が本当にすぐそこにあるように広がっている。

「す、すごい」

中央には玉座があった。おそらくマホガニー製だろう。家具職人が手がけたそれは猫脚の緩やかなカーブが優雅で、座面に使われている織物は絹独特の上品な輝きを放っていた。自然をモチーフにした緻密な模様も美しい。

絨毯やカーテンももちろん絹だ。あらゆるところに最高級の品が使われており、全体が落ち着いた光で満ちていて、ここに立てることがいかに光栄なのか改めて嚙み締めた。

中でも目を引いたのは、玉座の後ろに飾られている刺繍の施された大判のタペストリーだ。この国に代々伝わるもので、蜘蛛の怪物が持っている『失われた技術』がふんだんに使われている。

「あれが、父様の言ってた……」

『失われた技術』とは模様が魔方陣のように特別な力を纏うもので、繁栄をもたらし、時には破滅を招く危険な技術だ。通常は身につけた者に効果が出るが、これほど大きく、王家の紋章が入っていると、国そのものに効力を発揮する。

この国を護り、繁栄させる力を持ったそれはセルセンフォート城を中心に、国の基盤となる山桑や美しい森、稜線、流れる川が配置され、人々の営みも描かれていた。どのステッチをどう生かせばあんな表現ができるのか、想像するだけで胸が躍る。技術の高さが、ひと目でわかった。

そして何より、刺繍糸として使われた蜘蛛の糸が放つ光沢が、国の明るい未来を象徴しているようだ。魅入られる。

いったい何人の手が入っているのだろう。想像もつかない。このタペストリーがある限り、国は繁栄し続けるのだと思える。それを眺めていると、改めてここに立てる喜びを感じた。

いよいよだ。ずっと恋い焦がれてきた王子のために働ける。

「はじめまして。俺はノア。君は？」

同い年くらいの青年に声をかけられ、タペストリーに心奪われていたフィンはハッとなった。素晴らしい刺繍を目にすると、すぐに周りが見えなくなる。

フィンは緊張しつつ笑顔を作った。

「は、はじめまして。僕はフィン」

「見ない顔だね。君はどこで刺繍の技術を?」

ノアと名乗った青年は、栗色(くりいろ)の巻き毛が特徴的だった。そばかすがどこか愛くるしく、ブラウンのつぶらな瞳に人懐っこさを感じる。

「両親は農民なんだ。だから学校で学んだわけじゃないんだよ」

「へぇ、めずらしいね。ってことは独学?」

「あ、うん」

農民の出だと言わないほうがよかったのかもしれない。そう思っていると、フィンの気持ちを察したのか、ノアはにっこりと笑った。

「そんな顔をしなくていいよ。実力で針子になったのなら、同じ立場だ。何せ僕たちは刺繍の技術だけでこの座を射止めたんだよ。誇りに思うべきだ」

ノアによると、ここにいるほぼ全員が技術者を育てる国立刺繍学校で学んでいるため顔なじみだという。四学年ある学校の生徒は優に八百人を超え、はじめの一年は全員が同じコースで基本的な技術を学ぶ。二年生になってから、それぞれが目指す仕事や成績によっていくつかの学級に分かれるのだ。

　諸外国へ輸出するためのカーテンや絨毯などのファブリック製品、高級既製服などを扱う職に就く者のコース。次に国内の貴族向け。さらに、貴族たちが特別に作らせる高級衣装店への就職を目指す特別コース。そして、優秀な成績を収めた者だけが王家専属の針子になるために、さらに二年ほど学ぶのだ。

　よく見ると、周りの者はみんなフィンより年上らしかった。

「僕は飛び級で学校は四年で卒業したけど、独学でここまで来られる君もすごいね。学校外から受験する人が時々いるって聞いてたけど、あれって誰にでも門は開かれてるって示すために形だけ募集してるだけかと思った」

「ありがとう」

　そう言ったが、本当は独学ではなく母から教わった。母から受け継いだものの中には、今は幻となった『失われた技術』もある。

「フィン、そろそろ式典がはじまるよ」

　大臣が姿を現すと、身が引き締まる思いがした。短い挨拶ののち、玉座の横にある扉が開き、王子たちが控えの間から出てくる。胸に手を当てて片膝(かたひざ)をつき、軽く頭をさげた。その体勢のまま王子の気配に意識を集中させる。ドキドキと胸が高鳴っていた。

　あの時、自分を助けてくれた人がすぐそこにいるのだ。おつきの者を従えたアン女王が姿を現して玉座につくまで、顔をあげたいのをどれほど堪(こら)えただろうか。

「もうよい。直りなさい」

膝をついた姿勢を崩して立ちあがると、女王を中心に王子たちが並んでいた。玉座に近い位置から、第一王子、第二王子、と続く。第五王子までいるのだが、なぜか四人しかいない。けれどもあまり気にならなかった。

エセルバート王子。

フィンの関心は彼だけに注がれていた。翡翠色の瞳にその姿を映した途端、胸が締めつけられる。

金色に輝く髪。立ち姿は気品があり、オーラを纏っていた。いずれ国を治める人だけに、そこにいるだけでこの国の民であることを誇らしく感じる。特に琥珀色の瞳は、あの夜を思いだして息もできない。

闇に浮かぶそれも美しかったが、こうして光溢れる王宮の中で見ると輝きが増しているようだった。軽く笑みを浮かべた口元は彼の自信の表れで、何事にも動じぬ姿がこの国に生きる者へ安堵(あんど)を与えている。

国が守られ、安心して暮らせるのは、王家の人々のおかげだと……。

式典が粛々と行われている間、ほとんどの時間をエセルバートを眺めることに費やした。彼のもとで仕事ができるのだ。あの時の礼を言うわけにはいかないが、そのぶん誰にも真似できない美しい刺繍を彼に捧げたい。彼の金色の髪や琥珀色の瞳に合う刺繍を施したい。

式典も終盤に差し掛かろうとする頃、ノアがそっと耳打ちしてきた。

「誰の針子になるのか、楽しみだね」

「え、まだ決まっていないの？」

「当たり前さ。人気のある王子とそうでない王子がいるからね。君は誰の針子を希望したんだい？」

てっきりエセルバートの針子として呼ばれたものだと思っていた。式が終われば、すぐにでも彼のもとへ行けると。しかし、よく考えれば希望どおりにいくとは限らないのだ。今までなぜ気づかなかったのだろう。

「僕は……」

こんな自分が望みを口にすることすら憚られ、フィンは口籠もった。

「俺はエセルバート王子がいいな。だって第一王子でいずれ王になる人だ。みんな彼の針子を望んでる」

そうだったのか。

フィンは、それまでのふわふわした気持ちがしぼむのを感じた。もうすぐ飛んでいくだろうと思っていたタンポポの綿毛が雨に濡れてしまったのを見た時のような、少し寂しい気持ちだ。

二人の会話が聞こえたのか、ノアを挟んで逆隣にいた針子がポツリとつぶやく。

「わたしはグレン王子だけは嫌だわ。彼の針子になったらどうしよう」

グレンとは、第五王子に当たる人だ。あまりいい話は聞かない。王子の務めを果たそうとせず、身勝手で、誰の忠告にも耳を貸さないと。今日も第四王子までしか顔を出していないところを見ると、噂は的外れではないらしい。

セルセンフォート製のシルク製品がいかに品質が高いのか知らしめるために、細やかな刺繍が施された衣服を身につけて諸外国との外交に臨むのだが、その役割をまっとうしようとしないと聞いている。剣の訓練に明け暮れ、絹を運ぶ警護の兵と一緒に道中の荷を守るようなことをしたがると。

血を好む王子だと、もっぱらの噂だ。

「それに、グレン王子の本当の父親は女王の家臣だったたって」

「しっ」

さすがにこの場でその話は危険だ。ノアもまずいと思ったのか、すぐに口を噤む。

フィンはすっかり不安になっていた。

どうか、エセルバート王子の針子になれますように。

そう繰り返すことで心を落ち着かせる。

式典は順調に進み、いよいよ王家の針子として正式に任命される時がきた。それと認められた者にだけ与えられる紋章を直々に賜るのだ。一人ずつ女王の前に行き、紋章の入った道具一式を渡される。

自分の番になると、ゆっくりと息を吸い込んで前に出た。女王の前に跪く。

「そなたを王家の針子と認める」

「ありがとうございます」

そのままの体勢で最高級のシルクや刺繍糸などの道具一式を受け取り、深々と頭をさげた。

人間と蜘蛛の怪物の間に生まれた子だということを隠してここに来たからか、女王と目が合った瞬間、心臓が大きく跳ねる。

王が逝去してから国を治めているだけあり、気高く、どこか冷たくもあった。自分の正体がばれたのではと思うほど、凍りついた視線だ。

しかし、女王の青い瞳はすぐに大臣に向けられた。そちらに向かうと、いよいよ誰の専属になるのか言い渡される。

「フィン、君はグレン王子の針子だ。王子のために励みなさい」

喜びで満ちた躰から力がすべて抜けていくようだった。

グレンの針子。その事実を噛み締める。

式典が無事に終わり回廊に出ると、ノアが頬を赤く染めながら近づいてきた。その表情を見て、望みどおりエセルバートの専属になれたとわかる。

「フィン、どうだった？」

「うん。すごく緊張した。君は希望どおりになったんだよね？」

「そうなんだ。まさか本当に第一王子の針子になれるとは思ってなかったよ。君は？」

　グレンだと言うと、彼は表情を曇らせる。

「そうか、残念だったね。第五王子の針子はたった一人なのに」

「そうなの？」

「変わり者だからね。公の場にもほとんど出ないだろう？　だから、衣装もあまり必要ないのさ。とにかく、グレン王子の怒りを買わないことだ。首を刎ねられた者も多い」

　フィンは躰を硬直させた。ただでさえ明かせぬ秘密を抱えたまま王家の針子となったのに、グレンの専属とは運が悪い。今さらのごとく、自分が大それたことをしているのだと思い知らされた。

　父様。母様。

　今朝自分を送り出してくれた両親の顔を思いだし、いいやここでめげてはいけないと気持ちを切り替える。

「お待ちください！」

　その時、男性の声が響いた。コツコツと冷たく響く足音とそれを追う足音が聞こえてくる。

　フィンは息を呑んだ。

　初めて見るのに、一瞬でグレンだとわかった。華やかな場所に飛び込んできた、唯一の闇。

王家の者は豊かな生活を裏づけるものを身につけているが、彼はまったく違った。襟の立った上着はほとんど装飾が入っておらず、釦すら真鍮のような暗い色合いだ。濃いグレーのベストにブラウスは苔のような深緑色。しかも、スカーフすらつけていない。膝までのパンツも濃いグレーで、ロングブーツを履いている。

王子というより騎士だ。しかも、血に飢えた暗黒の騎士と言わんばかりに暗い色で統一されている。それは何も身につけているものだけに限らない。

新月の夜に広がる闇のような髪。まなじりは鋭く、沼の底のような雰囲気を持った人物だった。水面は静かだが、その奥に隠し持つ深淵がどれほどのものか想像もつかない。また、褐色の肌にはおよそ王家の者とは思えない野性味があった。意志の強そうな太めの眉も優雅な生活とは無縁そうで、不機嫌そうに結ばれた口元がその印象をさらに硬質にしている。意外だったのは、エセルバートと同じ琥珀色の瞳だったことだ。

そのものの色味が違うのか、それとも髪や肌の色が違うからそう見えるのか、同じ琥珀でもより明るく見え、それでいて吸い込まれそうな深みも感じる。それは闇に差す一条の光だった。黒々とした彼の姿の中で、唯一の希望でもある。

彼が紛れもなく王子だという証しだった。たとえ闘いを好み、血に飢えていようとも、高貴な存在であると。

琥珀色の瞳に自分が捉えられたのがわかり、息を呑んだ。

心臓が彼の手中に収められた瞬間だ。

躰が動かなかった。恐ろしいからなのか、それとも別の感情によるものなのかわからない。

じっと見られ、硬直したまま彼を凝視する。

「どうかお戻りください、王子。女王陛下もお待ちです」

「もう式典は終わったんだろう。俺がいなくても問題なかったじゃないか」

「いえ、大事な式典です。王子は揃っておられませんと」

小言を並べることができる立場にある男を押しのけ、グレンはフィンに向かって歩いてきた。

「お前も王家の新しい針子か」

「は、はいっ。僕……、わ、わたくしがグレン王子の、せせ、専属となりました」

身が竦む思いがした。

闇に浮かぶ二つの目。唯一の希望のように見えたそれは、いざ自分に向けられると絶望――殺戮者のそれだった。フィンの正体を見定めるような強い視線に、膝が震える。

フィンの恐怖が伝わったのか、ふ、と唇を歪めて嗤ったグレンは、恐ろしい言葉を残して踵を返した。

「俺の機嫌を損ねて首を刎ねられないよう気をつけるんだな」

全身から血が引いていくようだった。立ち去る彼の後ろ姿を凝視することしかできない。

何者をも寄せつけぬオーラを放つそれを見ていると、怪物と闘う騎士の姿が浮かび、退治さ

れる自分を想像せずにはいられなかった。

もし秘密がばれれば、すぐに首を刎ねられる。両親も殺されるかもしれない。どんなことをしても、隠しとおさなければならない。どんなことをしても。

フィンはそう心に刻んだ。

グレンとの衝撃の出会いから、一刻が過ぎていた。フィンは使用人に案内されて、あてがわれた自分の部屋に向かっていた。

「どうぞ、こちらです」

王子の部屋のすぐ傍に針子専用の部屋が用意されている。

針子の地位は高いため、他の使用人たちとは一線を画した扱いだった。仕事に集中できるよう、身の周りの世話をする者もつく。針子は最高級の刺繍を施すために全身全霊をかけて職務に取り組まなければならない。

「フィン様。こちらがフィン様専用のお部屋でございます」

「ここ……ですか」

ただただ圧倒されるばかりだった。天井は高く、扉はフィンの背丈の三倍はあるだろうか。

体重を預けるようにして重い扉を開けると、目を瞠った。広い。

「これが……僕の部屋……」

「はい、奥の扉の向こうが仕事部屋でございます」

「え、奥にまだあるんですか？」

信じられなかった。生活用の部屋だけでも両親と住んでいた家よりずっと広い。窓の外には緑が広がっていて、たくさんの光が降り注いでいる。

仕事部屋には立派な裁縫机があった。窓を背にして座るように置かれている。いつも小さなテーブルで刺繍をしていたフィンにとって、贅沢極まりなかった。複雑な彫刻が入っていて、天板には革が設えてあり、金色の模様で縁取られている。作業机というより芸術品だ。

「何かお気に召さないものがございましたら、お申しつけください」

「とんでもないっ。立派すぎて本当に僕が使っていいのかなって。あの……ところでグレン王子はどこに行かれたんでしょうか？」

「さぁ。いつもどこにおいでなのかわからないかたですから」

頼りない返事に軽くため息をつく。これではなんのために王家の針子になったのかわからない。

「王子に似合う刺繍をしたいんですけど、王子がいないとお話もできません」

「お好きにされたらいいと思います。グレン王子は細かなことは気になさいません。というより、興味を持たないのです。身につけていただけるかもわかりませんよ？」

「え、そんな……。前の針子さんはどうしてたんでしょう」

「お知りにならないほうがいいと思います。グレン王子は誰にも理解できません」

その言葉がますますフィンを震えさせた。回廊で放たれた言葉が蘇る。

『俺の機嫌を損ねて首を刎ねられないよう気をつけるんだな』

黒い衣装の中に唯一浮かぶ琥珀色の瞳が、頭から離れない。

「とにかく怒りを買わないことです」

またこの言葉を聞かされ、さらに憂鬱は増した。どれほど恐ろしい王子なのだろう。エセルバートの針子をしている自分ばかり想像していたため、心の準備ができていなかった。

まさに天国から地獄に落とされた気分だ。

「それではご用がございましたら、呼び鈴を鳴らしてください」

「あ、あの……っ」

「なんでしょう？」

「僕が仕事をしている間は、決して覗かないでもらえますか？」

「承知しております。お仕事の邪魔はいたしません。鍵もついておりますので、作業の最中は鍵をおかけください」

「城の中を見て回っていいでしょうか？」

「もちろんでございます。こちらはグレン王子しか使っておられないですから」

彼女がいなくなるとフィンも部屋をあとにし、庭に出た。

グレンの部屋がある場所は、女王たちが生活する居館（パラス）とは別の棟にある。使用人もあまり置かないため、ひっそりとしていた。まるで滅びた国に残された城のようだ。

けれども両親とともに隠れるように生きてきたフィンには、どこか懐かしくも感じられた。質素な暮らしが身についているせいで、城のきらびやかさはどこか落ち着かない。ここは自分の暮らしていた場所と同じ静けさを保っているのだ。式典以来緊張しどおしだったため、ふと気を抜く。

「ああ、気持ちいい」

鳥の囀（さえず）りが響いていた。姿は見えないが、庭に並んだ白樫（しらかし）の中から聞こえてくる。色とりどりの花が植えられた庭も素敵だったが、濃度の違う緑が織りなす景色もまたいい。

白樫の根元にいき、地面に座ってもたれかかった。木漏れ日が心地よく、ぽかぽかと暖かい。緊張が解けたからか、うとうとする。

チチチ……、チチ、チチチ……、チチチチチ……。

人の声が途切れた中で、鳥の囀りだけが聞こえる。

小鳥の囀りにまどろんでいると、ふいに人の気配がした。誰かが隣に座ったのがわかる。強い眠気になかなか目が開けられないが、なんとか逆らった。黒髪の人物がいる。

鼻筋のとおった端正な横顔は、絵画を見ているようだった。遠くを見る目に心が引き寄せられたのは、琥珀色の瞳が地中深くで人知れず眠る化石のような光を纏っていたからだろうか。誰の目にも届かぬ場所で、誰に見られようともせず、ただ孤独にいつづける。気高さすら感じた。

しかし、次第に頭がはっきりしてそれが誰なのかわかると、少しずつ血の気が引いてくる。毒蛇にでも遭遇したように、相手を凝視しながらも躰をピクリとも動かすことができない。どうすればいいか、わからないのだ。

「そんなところで居眠りか。度胸があるな」

「お、王子っ」

「俺のお気に入りの場所をお前が陣取ってるとはな」

自分が座っている場所を見て、飛び起きる。

「申しわけありません……っ」

「悪いとは言ってないだろう」

王子が地面に直接座るなんて、信じられなかった。しかも、自分のすぐ横にだ。

「あ、あの……」

「なんだ?」

回廊の時と同じだ。その横顔を盗み見た時は瞳の美しさに心奪われたが、いざ視線が自分に向くと、年に何度か吹き荒れる北からの冷たい風に吹かれたように心がキンと冷えて身動きが取れなくなる。なぜだかわからない。視線の強さがそう感じさせるのか。

美しくも恐ろしいグレンの瞳。王子から目が離せないのは、あの瞳によるところが大きいのかもしれない。

「ビクビクするな」

「申しわけありません」

「それしか言えないのか」

鼻で嗤われ、口を噤む。先ほどから謝ってばかりだ。こんな態度が王子を苛立たせているのだろう。再び出かかった謝罪の言葉を呑み込み、頭をさげる。

その時、微かな血の匂いに気づいた。よく見ると、手の甲に血がついている。

「あの……お怪我を……」

「ああ、これか。剣の稽古の時についたものだ。お前には関係ない」

切って捨てるような言いかたに会話は途切れた。何か聞かれるとも思っていなかったが、次の言葉が見つからない。

気まずい思いで座っていたが、グレンは前を見たまま、なんの感情も読み取れない言いかたでつぶやく。

「残念だったな」

「え？」

「俺の針子で残念だったなと言ったんだ」

「そんな……っ、針子として仕えることができるなんて、光栄です」

ふ、と蔑んだような笑みを浮かべるのを見て、フィンは震えあがった。うわべだけの言葉が通じる相手ではない。むしろ機嫌を損ねたかもしれない。

「辞めたければいつでも辞めればいい。俺の針子を断ったからと言って、すぐに殺しはしない」

暗にクビを言い渡されたのかと思ったが、遠回りなことを言うとは思えなかった。気に入らないなら、直接的な言葉で去れと言うだろう。

「そろそろ一人にしてほしいんだがな」

「あっ、もうし……、えっと……これで失礼します」

急いで立ちあがり逃げるようにそこをあとにするが、ふと思い立って足をとめた。

フィンはグレンの針子なのだ。望んでいなかろうが、王子が恐ろしかろうが、それは変わらない。ここで力を尽くさないのは王子への、そして刺繍への冒瀆でもある。

「あの、グレン王子。明日からお仕事をはじめます。どんな刺繍をご希望なのか、王子のご意見をお伺いしたいのですが」

「適当にやれ」

予想していた言葉だった。何かを望まれることは期待していない。

刺繍には王子それぞれの特徴を籠める。王家に紋章があるのは当然ながら、王子一人一人に、彼らだけの紋章があるのだ。

第一王子であるエセルバートは太陽。双子の第二王子と第三王子は大地と緑。第四王子は月。

そして、グレンは――闇。

円の中に王子を象徴するモチーフがデザインされているが、闇は長さの違うラインが左右の縁から横に伸びているだけの、シンプルなものだ。奥行きがあるようにも見えるし、歩みをとめるための障害物にも見える。不思議な図案だ。

それぞれの紋章に合う刺繍を心がけなければならない。

「俺を煩わせるな。俺が望んでるのはそれだけだ」

「では、これまでの衣装を拝見してよろしいでしょうか？」

「勝手にしろ」

フィンは頭をさげてグレンの前から立ち去った。怖かった。怖かったが、ずっと怯えてばかりもいられない。全身全霊をかけて王子に一番似合う刺繍を施す――針子の誇りを失えば、それこそここに来た意味がなくなるのだから。

フィンはその足でグレンの部屋に行き、衣装部屋を覗いた。王子にしては数が少ない。

刺繍が途中で終わっているスカーフを見つけた。刺繍は通常、仮縫い前の生地を裁断した状態で施すが、小物類は完成したあとに刺繍をすることもある。

闇の紋章は半分ほどで途切れており、針子が突然仕事を中断したことを意味している。未完成のものでも使用しているのはグレンらしく、本当に興味がないとわかった。

「いい刺繍なのに……」

単に解任されただけなのか、怒りを買って首を刎ねられたのか。

糸の張り具合や色味の使いかたなど、技術の高さを感じるだけに針子の無念さを想像せずにはいられない。

「どうしてあんなふうにおなりになったのかな」

この国は平和だ。緑が溢れ、生きものがたくさんいて、幸せに満ちている。

フィンは途中で終わっている刺繍を指で撫でながら、この針子はどんな刺繍をするつもりだったのか思い描いてみた。グレンに似合うのはどんな模様なのか。どんな色合いがいいのか。だが、恐ろしい王子に似合う刺繍がどんなものか、何も浮かばない。

翌日、朝食を終えたフィンは自分の仕事部屋で王子の衣装を前にしていた。グレンに似合う模様を思い浮かべる。

フィンは下絵を描かない。描かずとも思い描いたものを想像どおり形にできるのは、母から受け継いだ血のおかげだろう。緊張しているのは失敗を恐れているからではなく、刺繍をする時に躰に変化が起きるからだった。その姿は誰にも見られてはならない。正体がばれれば、この場で首を刎ねられるだろう。

スッと軽く息をし、道具を手に取る。直接衣装に針を入れず、まず端切れに刺繍をしてから当ててみることにした。どんな模様が似合うかわからない今は、やり直しが効いたほうがいい。

わずかに口を開き、舌を使って下顎のところに開いた穴から糸を引き出した。

蜘蛛は腹部の糸イボから糸を出すが、フィンは舌の下部に隠れた穴からだ。糸のもととなる液体の入った体内の袋と繋がっていて、液体は空気に触れると糸になる。

作業をはじめると、乳白色の肌に瞳と同じ翡翠色の模様が浮かびはじめた。呪術的な化粧を施したようなそれは時折渦を巻き、伸びやかな直線を描いては複雑に広がっていく。ラインは金のラメをまぶしたように輝いてもいた。

これが、人間と蜘蛛の怪物の間にできた子であるフィンの一番の特徴だ。

自分の身に起きる変化をフィンは好まない。子供の頃に一度この姿を見られ、化けものと恐れられたからだ。相手はフィンと同い年くらいの子供で、別荘に遊びにきた貴族だった。

刺繍をしている最中に彼がフィンの家の中を覗いたのは、運が悪かった。あんなへんぴな場所に家があったのが不思議で近づいたのだろう。魔女の住み処でも見つけたように、好奇心に駆られたに違いない。そして、刺繍をするフィンを見た。全身に浮かぶ翡翠色のきらめくラインは、子供の目にどんなふうに映っただろう。

目が合った時の恐怖の色。誰も傷つける気はないのに、まるで喰い殺されると言わんばかりに腰を抜かして半狂乱になった。フィンの両親が宥めて温かい飲みもので落ち着かせなければ、どうなったかわからない。

探しにきた家臣らしき男に、両親は悪い夢でも見たのだろうと言ってその場をしのいだが、咄嗟に隠れなければならなかったことに、フィンは深く傷ついた。

それまで刺繍をする時の自分の変化をおかしいとは思っていなかった。しかし、あの瞬間からフィンは大好きな刺繍ができなくなるほど自分を醜いと思い、恥じるようになった。両親の愛情が再びフィンに針を取らせたが、躰に起きる変化を誰にも見られたくないという思いは今も変わらない。

集中しはじめると、肌に浮かんだラインはよりくっきりと浮かびあがった。翡翠色の瞳は、目の前の布しか見ていない。グレンの姿を脳裏に浮かべ、ひと針ひと針縫っていく。それは祈りのようだった。

王子の針子は、ただ一人のために自分の持つすべての技術を捧げる。他の誰のためでもない。ロングアンドショートステッチで思い描く模様を面で埋め、グラデーションを入れ、細かいところはスプリットステッチを使った。立体的な表現は色の濃淡だけでなく、よりなめらかな表情が出るサテンステッチを応用する。

一度はじめると取り憑かれたように作業に没頭するのは、子供の頃から変わらない。

けれどもフィンは、ふと手をとめた。

「違う。グレン王子の模様はこれじゃない」

目の前の刺繍は満足のいく仕上がりだったが、グレンのものではない気がした。彼だけの、彼のための刺繍でなくてはならないのだ。これは、貴族が着る高級既製品と同じだ。

これを身につけるのは、王子でなくともいい。

「きっとグレン王子をよく知らないからだ」

フィンは窓の外に目を遣り、途方に暮れた。闇の紋章に合う模様をどう表現していいかわからない。刺繍は諦め、体に浮かんだ翡翠色の模様が消えたのを確認し、道具を置いて仕事部屋をあとにする。

グレンの部屋を訪れたフィンは、扉をノックした。返事はなく、ため息をひとつ零してとぼとぼと自分の部屋へ戻っていく。

「様子はどうだい？」

呼びとめられたフィンは、目に飛び込んできた金色に輝く髪に目を見開いた。思わずポカンとする。

「あの……、エ、エ、エ、エセル……、エセルバート、王子……」

「そんなに驚かなくても取って喰ったりしないよ」

目を細めて笑う王子に、心臓の鼓動が速くなった。

王子はシルクのブラウスにベストを着ている。白地に金色の糸で刺繍がされていて、胸元の柔らかなスカーフが王子の優しげな表情と相俟って気品を感じた。

なんて美しいのだろう。見事な刺繍だった。

「あの……どうして、ここに？」

「グレンの針子は大変だろうと思って様子を見に来たんだ」

第一王子ともあろう人が一介の針子を心配してわざわざ足を運ぶなんて……、と驚きを隠せなかった。憧れの人を前に、戸惑うばかりだ。

「グレンはいないのかい？」

「は、はい。おそらく」

「じゃあ、君と少し話をしようかな。中庭にでも出るかい？」

ますます心臓が高鳴った。何をしゃべっていいのかわからない。並んで歩いているだけでも満ち足りた気持ちになる。

「ここは静かだね」

中庭はひっそりしていた。グレンが座っていた場所にはいい木陰ができており、この静けさをことさらのものにしている。

「困ったことはないかい？　聞きたいこととか」

自分なんかの悩みを王子に打ち明けていいのか迷った。しかし、エセルバートの包み込むような雰囲気に自然と言葉になる。

「エセルバート王子は、針子さんとはたくさんお話をされるんですよね？」

「そうだね。僕自身を知ってもらわないと、いい刺繍はできない。彼らの仕事に協力するのも王子の務めだ。その顔だと、グレンとはほとんど口を利いてもらってないね」

返事はせずとも、フィンが今どういう状況に置かれているかわかっているらしい。見とおす力を持つ次期国王の器が、ますます彼への憧れを強くする。

「じっくり時間をかけることだ。焦らなくていい。少しずつ近づけばいいんだよ。グレンは今の時間、馬小屋じゃないかな」

「馬小屋、ですか」

「人とあまり話をしないけど馬は好きだから。行ってみるといい」

じゃあ、と言って立ち去るエセルバート王子に名残惜しい気持ちになりながらも、黙って見送る。

フィンは、すぐに廏舎（きゅうしゃ）に行ってみることにした。いったん建物に戻り、出会った使用人にその場所を聞く。

エセルバートの言うとおり、グレンはいた。馬にブラシをかけている。周りを見たが、馬丁はいなかった。王子が馬の手入れをするなんて驚きだ。しかも、目が合った時はあんなに恐ろしいのに、視線が他に注がれている時は琥珀色の瞳を美しいとすら感じる。特に今は、これまで見たことがないような穏やかさがあった。

相手が馬なら、あんな目をするのか。

フィンは何をしに来たのかも忘れて、その姿を瞳に映したまま立ち尽くしていた。

丁寧にブラシをかけられた馬の鹿毛は光を吸い込んだように艶(つや)やかで、黒々とした鬣(たてがみ)は生き生きとしていた。思わず刺繍で表現したくなるほどだ。尻尾は感情を表すと言うが、ゆったりと揺らされるそれは信頼の証しだった。躰を預け、心をも預けている。

階級社会で王族という地位にありながらも王子が馬に尽くすなど考えたこともなかったが、尽くしてもなお、グレンからは気高さを感じる。

「何を盗み見てる?」

「あ、あの……っ」

いきなり声をかけられてフィンは硬直した。グレンの顔がゆっくりとこちらを向く。それとともに、琥珀色の瞳が自分を捉えるのがわかった。途端に穏やかさは消え、闇の中で光る捕食者のそれと化す。

「エセルバート王子が、グレン王子はここにおられると」

首を刎ねられる――あまりに強い視線に躰が震えた。何せ相手は血に飢えた王子なのだ。なぜ声もかけずに見ていたんだろうと後悔した。

「何か用か？　コソコソ盗み見て俺を暗殺するつもりだったんじゃないだろうな」

「ち、違います……っ」

ゆっくりと近づいてこられ、目の前に立たれると顎を掴まれて上を向かされる。視線に刺し殺されるかと思った。こんなに鋭くて冷たいそれを、これまでに向けられたことがあっただろうか。

忘れた頃にやってくる嵐のように、いや、嵐の中に潜む雷のように、それは穏やかな日の光を遮り、一瞬にして平和を脅かす。激しい閃光は、目指したただ一点を的確に貫くだろう。

「お前のようなひ弱な男に俺が殺せるわけはないが、油断させておいて……ってこともあり得る」

取り繕ってもその視線が表層を貫いて本音に辿りつくなら、見てもらうまでだ。

「刺繍のために、グレン王子がどんなかたなのか、し、知りたいと……」

その言葉に嘘がないとわかったのか、顎から手が放される。

「噂どおりだ」

何も言えなかった。口を噤むしかない。諦めて踵を返そうとしたが、その時「おい」と呼びとめられた。

「俺の噂は聞いてるだろう？」

「噂……ですか？」

隠れるように生活してきたフィンは、噂に疎い。それでも届く話はあるが、ほんのひと握りだ。届いたところで、詳細までは把握していない。

「どういう噂でしょうか？」

聞くと、グレンは面白いとばかりに嗤った。恐ろしい表情だった。フィンが何か失礼な、いや、挑発的なことでも口にしたような反応だ。何かわからないが、失言だったと気づいて血の気が引く。

フィンの反応を見たグレンは、さも愉しげにこう続けた。

「俺が地獄から戻った王子って噂だ」

2

地獄から戻った王子。

その言葉が頭から離れなかった。

その日。フィンは自分の作業机の前に座り、未完成の刺繍をぼんやり眺めていた。何度試しても上手くいかない。今朝からずっとこの調子だ。

机には、グレンの上着になる前の布が裁断した状態で置かれていた。刺繍をしなければ、次の工程に移れない。仕立て職人も王子ごとに決まっていて、刺繍専門の針子とは分業されているが、グレンは専属を持たなかった。針子が仕立てまで行うこともあれば、手の空いた別の仕立て職人に預けることもあったという。

「どうしたらいいんだろう」

厩舎でグレンを見てから、フィンは王子を知ろうと努力した。しかし噂はどれもフィンを震えあがらせるもので、ますます苦手意識が強くなっていくばかりだ。

しかも、彼はフィンの刺繍には欠片ほども興味を示さなかった。いつも城を空け、剣の訓練ばかりしている。王子が闘わずともこの国には優秀な護衛がいて、他国に運ぶ荷物を守ってくれているのにわざわざ足を運ぶのだ。

やはり、血を好むからだろうか。

なんの模様も浮かばない自分に絶望的な気持ちになり、机に覆い被さって唸った。大きな穴の中に落ちてしまったみたいだ。出口は遠くて手が届かない。

その時、扉がノックされた。返事をすると、ノアが顔を覗かせる。

「フィン?」

「ノア!」

フィンは彼のもとへ向かった。式典の時に話して以来だが、まるで長年の友人に会った気分だった。それほど、ここでの生活は孤独だと感じていたのだろう。

「元気だった、フィン」

「うん、ノアは?」

「俺はすごく忙しいよ。でも、毎日充実してる」

生き生きした表情から、仕事が順調だとわかった。特に第一王子ともなれば、公の場に出る機会は格段に増える。この国が誇る技術を知らしめるためには、一着でも多くの衣装を身につける必要がある。

「来てくれて嬉しいよ。えっと、何か飲みものを持ってこようか?」

「うん、ジャスミンティがいいんだけど、ここに使用人はいないの?」

いるが、農民の出であるフィンは自分の飲みものを持ってこさせたことはなかった。いつも取りに行く。そう言うと驚かれた。

「せっかく針子になったんだから、やってもらえばいいのに。あ、でもそういえば使用人の姿がほとんどないね。頼もうにも頼めないか」

「うん。台所まで行けば多分誰かいるから、持ってくるね。こっちの部屋で待ってて」

フィンはそう言い残して仕事部屋を出るとお茶を頼み、自分で運んだ。戻るとノアは、居室兼寝室のソファーに座り、周りを見渡していた。

「はい、どうぞ。ごめん、散らかってる？」

「ううん。ここは二部屋しかないんだね。あ、ありがとう。紅茶を自分で運んでくる針子なんて初めて見たよ。でも、フィンのそういうところ好きだ。俺の周りの針子はみんな威張ってるし、刺繍の腕を競い合う相手でもあるから気が抜けない」

ここに来て孤独を感じていたが、多くの針子がいればそれはそれで大変だと気づいた。厳しい世界なのだ。

「ところでいいの？　僕の相手なんてしに来て」

「ずっとあっちにいたら息がつまるよ」

聞くと、エセルバートに言われて来たのだという。式典でフィンがノアと話をしたことを知った王子は、フィンの力になってあげるようノアに頼んだ。好きな時間に好きなだけ行っていいとも。

グレンにも伝えているため、ノアがここに来ても咎められない。

「エセルバート王子は素晴らしいかただね」

「うん。グレン王子のことも心配なさってるみたいだ」

久しぶりに心置きなく語れる相手と過ごす時間に、心が癒やされた。たわいもない話で笑うのがこれほど幸せなことだったのかと思うほどに。

再びグレンの話になると、ずっと気に病んでいたことを口にする。

「ねぇ、ノア。あの、さ……地獄から戻った王子って知ってる?」

ノアの反応を見て、グレンが脅しのために口にした方便でないとわかった。落胆せずにはいられない。

「本当にそんな噂があるんだ」

「そっか。君は農民として生きてきたから、こんな噂まで耳にしないんだね」

「ねぇ、教えて」

「聞かないほうがいいよ。知ってどうするのさ」

「でも、知っておきたいんだ」

フィンはいまだに王子の衣装を手がけられないと告白した。すると、ノアは手を伸ばしてきて、慰めるように肩をさすってくれる。

「フィンのせいじゃないよ。そういうかたなんだ。でも、君がそこまで言うなら教えてあげる。でも、あくまでも噂だからね」

それはグレンがアン女王の浮気でできた子という話と関係していた。

「相手は女王の家臣だったらしいんだ。王の子として産んだんだけど、成長するに従って王とは似ても似つかない容姿になっていったんだ。それとは逆に、父親が誰なのかわかるほど家臣に似てきた」

ノアによると、女王は自分の浮気がばれると思い、子供だったグレンを殺す計画を立てた。王子が十二歳の時だ。

「実の子なのに？」

母親に命を狙われるのは、どんな気持ちだろう。

優しい自分の両親を思いだし、グレンの気持ちを想像して苦しくなった。今は恐れられる人物とはいえ、はじめからそうだったはずがない。

「そうなんだ。それで女王は王子たちと狩りに出たんだよ。こっそりグレン王子だけがはぐれるようにして、家臣に殺してくるよう命じたんだ」

フィンはゴクリと唾を呑んだ。

「だけど帰ってきたのは、グレン王子だけだった」

「じゃあ、その家臣は？」

殺された、とポツリと零すノアに、フィンは思わず反論していた。

「う、嘘だよそんなの。どうしてそんな秘密の話を知ってるの？　きっとただの噂だよ」

「王子を殺すよう命じられた家臣が、子供を、しかも半分とはいえ王家の子を手にかけることに思い悩んでそう漏らしたんだよ」

「その話はどこから……」

「酒場でだよ。酒場くらい俺たちも行くよ。こっそりだけどね。今度行く？」

城を抜け出して酒場に行くなんて、驚きだった。しかしノアが特別なのではなく、誰もが出入りしているという。酒場では城では口にできないような話も飛び交っていて、特に王家にまつわる不道徳な話はみんなが好む話題だそうだ。

「針子の間でも有名な話だ。グレン王子は顔色ひとつ変えずに家臣の血塗れの服を持って、堂々と帰ってきたらしいよ。とても十二歳とは思えないほど、誇らしげだったって言ってる人もいる」

「で、でも……っ、家臣は逃げたかもしれないよ」

それほど思い悩んでいたのなら、王子を置いてどこかへ行ったとも考えられる。そう訴えたが、それもあっさりと否定された。

「家臣の遺体が見つかったんだ」

わずか十二歳の子供が、自分を殺そうとした家臣を逆に殺し、一人で戻ってきた。

自分の企みが本人に知られることとなった女王が、ますますグレンを持てあますようになったのは想像できる。

この一件は極秘となったが、一部の使用人に知られるところとなり、話は少しずつ広がっていった。今では知らない者がいないほどに。

「ごめん、フィン。君を怯えさせるようなことを言って」

「謝らないで。いいんだ。僕が聞きたがったんだから」

そうは言ったものの、やはり動揺は隠せない。フィンは途中で終わった刺繡を見ながら、自分が仕える相手がどんなに恐ろしい人なのか噛み締める。

その時、ドアがノックされた。

「ここで何をしている？」

「ル、ルーヴェン様」

ノアが椅子から転げ落ちんばかりに驚いた。入ってきたのは大臣だった。就任式の時に、誰の針子になるかを指示した人だ。あの時は緊張でよく顔を見なかったが、こんなかただったのかと今さらながらに思う。

五十歳を過ぎるくらいだろうか。肩まである亜麻色の巻き毛と口元を覆っているひげ。二重の目には老いが見えはじめているが、鋭さは損なわれていない。

重ねた年月が重みとなって、この国の中枢に立つ人間の貫禄を感じた。

「仕事をサボッてこんなところで油を売るとは、かなり腕に自信があるようだな」

「申しわけありません」

ノアは青ざめた。処分なんてことになったら自分のせいだと、フィンは慌てて言いわけをはじめる。

「お待ちください。僕が……彼を呼んだんです。グレン王子の針子は一人なので、仕事の悩みを打ち明けられる人がいなくて。エセルバート王子がお気を遣ってくださって、そうしていいと」

ルーヴェンは鋭い視線をフィンに向けた。亜麻色の瞳がギラリと光る。注がれていたのは、サイドテーブルに置きっぱなしにしていた端切れの刺繍だった。片づけがなっていないと叱られると思い、身を固くする。

「王子の優しさに甘えるのもいいが、控えるように。確かフィンと言ったな。見事な刺繍だ。これほどの腕がありながら、本試験の時になぜ発揮しなかった」

「それは、緊張のあまり……思うように指が動きませんでした」

嘘だった。緊張ではなく、人の目のせいだ。

針子の試験は、予備試験としてまず仕上げた作品を提出して、そこで半分以上振り落とされる。二度行われる予備で合格した者だけが本試験に進めるのだが、会場では他の針子希望者とともに刺繍をするため、口から糸を吐きながら作業をすることができずに通常の刺繍糸を使った。

使う技術は同じでも、慣れない素材と方法でやるのは思った以上に難しい。

「一次、二次と飛び抜けた成績で通過したが、会場での成績は普通だったと記憶しているぞ。不正を疑う声もあったが、そういうことなら仕方がない。本当にいい腕だ」

フィンは頭をさげた。まさか褒められるとは。

「励みなさい。今日のことは大目に見よう。君も仕事に戻りなさい」

「はい」

ノアはフィンに「また」と合図をすると、慌てて部屋をあとにする。大臣はしばらく端切れを見ていたが、黙って部屋を出ていった。

ノアから話を聞いてからというもの、グレンを恐ろしく思う気持ちに拍車がかかり、刺繍がまったく進まなくなった。聞くべきではなかったのかもしれない。

「僕はどうすればいいんだろう」

新月が近づくにつれて、自分の正体がばれたらという不安も大きくなっていった。

たったひと晩だ。ひと晩しのげばいい。

ここに来る前は簡単だと思っていたのに、今はそれがとてつもなく難しい課題のように思えてくる。なぜあれほど隠しとおせる自信があったのだろう。今はそれすらもわからない。

思い悩んだフィンは、もう一度ノアと話ができまいかと女王たちのいる居館(パラス)へ向かった。こちらは人が多い。忙しそうに働く使用人たちの静かな足音で満ちていて、いつも空気が動いている。時折、大きな声が聞こえてくることも。

針子の部屋がどこか誰かに聞こうと歩いていると、使用人たちが集まっていた。一度に五人も見るなんて普段はないことだ。

「どこに消えたのかしら。ああ、あんなに大きいの見たのはじめて」

「本当、どうしましょう。女王が見たらどうなるか」

「今のうちに探すんだ。ほら、早くっ」

どうやら蜘蛛(くも)がいたらしい。亡き王の弟が喰(く)い殺された事件以降、蜘蛛は見つけ次第殺すというのが決まりになっているが、これほどの騒ぎになるとは。

「姿はもう見えないですよ」

「でも、城内に入ったなどと知られると……。女王の寝具の中にでも入り込んだら、責任問題となります」

青ざめる彼女に、なんとか自分が力になってやれないかと思ったが、いい案は浮かばない。一緒に探すことくらいしか思いつかず、天井や壁をぐるりと見回した。

「あ、あそこだぞ」

男が指差した先に、蜘蛛がいた。手のひらくらいの大きさだ。

「今だ！　降りてきた！　箒で叩け！」

「あ、あなたが潰してよ」

「俺か？　しょうがない。それを貸してくれ」

なんとか仕留めようと、長い箒を使って蜘蛛を追い立てる。新月の時だけとはいえ、蜘蛛の姿になるフィンは自分が追い回されている気分だった。正体がばれれば、自分もあんな顔をされるのだと。

見ているのがつらくて無意識に唇を噛んでいると、背後から低くよくとおる声が聞こえてくる。

「何をしてる？」

グレンだった。今日も剣の訓練をしてきたのか、およそ優雅さとはかけ離れた黒ずくめの衣装に身を包んでいる。

「グレン王子。その……蜘蛛がいたものですから潰そうとしたのですが、何せ気持ち悪い姿をしておりますので」

言いにくそうに顔色を窺う使用人からは、代わりに殺してくれという気持ちが見て取れた。

グレンなら顔色ひとつ変えずに蜘蛛を潰すだろう。

ますます見ていられなくてその場を立ち去ろうとしたが、予想外の言葉が放たれる。

「放っておけ」

一瞬、耳を疑った。使用人たちもグレンが蜘蛛を見逃すとは思っていなかったようだ。

「なぜですか？　今なら手の届くところに……」

「そうです。女王の命令で蜘蛛はすぐに殺さねばなりません」

「放っておけと言ったんだ。聞こえなかったか？」

グレンが腰の剣に手を伸ばした。その殺気はフィンにまで届くほどで、血の気が引く。

まさか、たったこれだけで殺すのか。些細なことだ。反論とも言えないほどの言葉で命を奪うほどグレンの心は凍りついているのか。

「それとも俺が蜘蛛を殺すのを見たいのか？　もっと殺し甲斐のあるものを差し出せ」

「ま、待ってください。グレン王子っ！」

フィンは思わずグレンの腕に縋りついた。

「申しわけありません、王子。どうかお許しください……っ」

刺すような視線に、使用人たちは青ざめている。剣先を向けられ、膝をついて命乞いをはじめる。すると、意外にもあっさりと剣先は床に落とされた。

「わかったら行け」

その言葉を聞くなり、ちりぢりになる。グレンの視界から一刻も早く消えてしまいたいとばかりの素早さだった。残された王子はふん、と鼻で嗤ったかと思うと、今度はフィンを見下ろす。

「いつまで摑んでる？」

「――っ！　もっ、申しわけありませんっ」

目が合った瞬間、慌てて手を放して後退りした。無断で王子に触れるなんて、とんでもないことだ。生きた心地がしないまま反応を窺っていると、蜘蛛が糸を垂らしながらツー……、と降りてきた。

剣を握りなおすグレンを見て、息を吞む。

やはり殺すのか。気が変わったのか。

蜘蛛は剣先にとまった。潰されるのかと思ったが、グレンは蜘蛛を剣の先に乗せたまま居館をあとにする。慌てて追いかけると、中庭の大きな木に剣先を向けていた。

まるで自慢の武器を掲げ、自分の力を誇示するように。

だが、違う。王子はただ蜘蛛を木に移したのだ。小さき者の命を助けただけだ。それは明らかに優しさだった。蜘蛛は青々とした葉に移動し、すぐに見えなくなる。グレンが剣先で空を切って腰に戻すと同時に微かな風が起こり、枝を揺らした。葉と葉が擦れ合う微かな音がする。

夢でも見たようだった。

流れる星のように、注意深く見ていなければ目にとまらない。通りすぎたことすら気づかない。だが、それは確かに存在している。

フィンはこの時初めて、針子の務めからではなく、自分の気持ちから、自分の意志から、グレンを知りたいと思った。

噂どおりの人ではないかもしれない。

そう考えたフィンは、グレンを観察することにした。

翌日、仕事を放り出して朝から張り込んでいると、王子は食事を摂ったあと廏舎に行き、馬と会話をしながら世話をはじめた。人間にはニコリともしないが、馬相手なら表情は緩む。以前に見た時と同じだ。

世話が終わると、馬に乗って城の外に出る。慌てて追った。

グレンが向かった先は、城壁の外にある集落だった。土が剝きだしの地面は埃っぽく、市街地に比べて建物も粗末だ。道の両側に干し肉や果物などの食べものを売る店が並んでいる。屋根に使われている布はもちろんシルクではなく、麻布か綿のようだ。

しかも、行き交う人々の中には屈強な男たちが目立つ。剣の訓練に来たらしい。荒っぽい場所だった。

「あ、あれ？　どこ行ったんだろう」

グレンの姿を見失った。城に帰る道はよく覚えていない。急に心細くなるが、いきなり背後から声をかけられる。

「針子の仕事はどうした？」

「――っ！」

驚きを隠せないフィンを、グレンは冷めた目で見下ろしてきた。尾けているのは、はじめから気づいていたらしい。

咎められてもしょうがないと、覚悟を決めて白状する。

「これも仕事の一環です。グレン王子のことを知りたくて」

注がれる視線の強さに怯み、声が掠れる。それでも目は逸らさなかった。

「好きにしろ」

あっさりと許され、それならばと堂々と見ようとついていく。そこは広場を三段の客席で取り囲まれたすり鉢状の闘技場だった。客席の間を剣を持った男たちが歩いていく。二の腕が剝きだしになった粗末な服を着ている者が多く、目つきも鋭い。右を見ても左を見ても、そんな男たちばかりで小さくなって座っているしかなかった。席は狭く、彼らの会話が耳に飛び込んでくる。

「あいつ第五王子だろう。あいつなら殺してもお咎めなしだ。むしろ女王から褒美が貰えるかもしれないぞ。荷の護衛よりずっと儲かる」

「じゃあお前行けよ。殺してこい」

「簡単にいくか。こっちが殺される」

王子をあいつ呼ばわりする者がいるなんて驚きだった。だが、一人や二人ではない。ここにいる男たちには、王家の者に対する尊敬や畏怖の念が見られなかった。自由に参加できるらしく、銀貨を賭けている者もいる。ノアが酒場で王家の噂話に興じるという話を思いだし、自分は世間知らずなだけだと気づいた。国民すべてが不満を持たず、花と緑に囲まれて裕福な暮らしをしているというのはただの幻想だ。

ほどなくしてグレンが広場に出てくると、客席が沸いた。「ぶっ倒せ！」「絞めちまえ！」などと乱暴な声援が飛び交う。

「だ、大丈夫かな」

グレンが対峙しているのは、大柄のいかにも強そうな男だ。ジリ、ジリ、とグレンの出方を見ながら移動し、不敵に笑っている。それに比べてグレンの無防備なことと言ったら。構えもせずにただ突っ立っている。闘う気があるのかと疑いたくなるほどで、隙だらけといった印象だった。無意識に拳を握り締め、成り行きを見守る。

ザッ、とグレンの足元で砂が舞った。

心臓がトクトク鳴っていた。その高鳴りは恋でもなく、恐怖でもなく、底まで見とおせる川の流れのように混じり気のない驚きだった。それを今初めて、殻の中から顔を出して外の世界を目にした雛のように受けとめている。

あんなのは見たことがなかった。想像していたのと違い、グレンの闘いかたは予定されていた芝居のように完璧だった。

闘技場を出たあと馬に乗って歩く王子の後ろ姿を小走りに追いかけながら、今目の前で見たことを頭の中で繰り返す。

誰もグレンには勝てなかった。王子だからと手加減したわけでないのは、客席で聞いた男たちの会話からも明らかだ。

地獄から戻った王子の闘う姿は、勇ましいだけではなく美しかった。力任せに剣を振り下ろす男たちと違い、自分の力を最大限剣に伝え、何倍もの力に変える。若木がしなるようなしなやかな腕の動きや、踊るような足捌き、相手の攻撃を躱す時の軽やかな身のこなしにフィンは魅入られた。決して闘いが好きではないのに。

グレンは一対一なら誰にも負けないだろう。剣の先が掠めることすらない。

「はぁ……っ」

王子が警護もつけずに街の中を歩くというのも、驚きだ。危険ではないのか。しかもこの辺りは街の中心と雰囲気が違う。

「痛ぅ……っ」

　フィンはいったん立ちどまった。ずっと歩いているからか、つま先が痛い。靴を脱ぐとタイツに血が滲んでいる。支給された針子の靴は土の地面を歩くようにはできていないのだ。お腹も空いている。食事は朝と夜の二回だが、グレンを朝から張り込んでいたせいでろくに食べなかった。質素な暮らしが長かったため普段なら十分な量だが、今日はさすがに空腹のあまり目眩を覚える。

「まだ懲りないか」

　足元に影ができ、フィンは顔をあげた。馬から下りた王子に見下ろされている。血の滲んだフィンのつま先を見ても、グレンは眉ひとつ動かさなかった。優しい言葉をかけてもらえるとははなから期待していない。

「お前も喰うか？」

「え？」

　グレンの視線の先では、男たちが食事をしていた。スープやパンなどが並んでいて、美味しそうだ。

「腹が鳴ってたぞ。ギュルギュル音を立てながら尾けられるとうるさい」

「も、もうしわけ……ありま、せ……、ん」

　言い終わった時、グレンはすでに席についていた。顎をしゃくって促され、その前に座る。

店の主が注文を取りに来たが、自分が何も持ってきていないのに気づいた。給金は出るが使ったことがない。

「あの……えっと……」

グレンは銀貨を数枚テーブルに置き、二人ぶんの食事を注文した。礼を言うと鼻で嗤われる。

出てきたのは、パンとスープ、そして干した果物だった。城で出される柔らかなふわふわのパンとは違い、両親と食べていたのと同じだ。歯応(はごた)えがあって風味も違う。懐かしい味に思わず顔がほころんだ。

しかも、干した果物は無花果(いちじく)でフィンが一番好きな果物だ。城に来て初めて口にした時の感動は、今も忘れない。

「干し肉もあるぞ」

さらに運ばれてきたそれに恐る恐る手を伸ばし、チラリと視線だけ動かしてグレンを見た。王子が干し肉を囓(かじ)っている。ナイフもフォークも使わず、手で。王子がそんなことをするなんて信じられなかった。しかも自分は彼と向かい合ってテーブルに座り、食事を摂っているのだ。

よく考えたら、とんでもないことをしているのではと思えてきた。

そもそもこんなところで王子ともあろうものが従者も連れず、食事をしていること自体あり得ないのだ。グレンは常識では測れない人だ。

「あの……まだお帰りには……」

「疲れたなら一人で帰れ」

鬱陶しいという気持ちがありありと見て取れた。ここまで嫌われると逆に肝が据わってきて、質問できるチャンスだと考えることにした。

「グレン王子は、どうして他国の王や王子たちとお会いにならないのですか？」

「この俺が豪華な衣装を身につけてか？　俺が国の代表って顔で他国の王や王子と笑顔で腹の探り合いをするのか？」

「そ、そうです。僕たち針子も国が誇る技術を知らしめるために雇われているのでは？」

「俺が身につけたところで、いい宣伝になるとは思えないがな」

強い口調に怯んで口を噤んだが、フィンの心は反論していた。

いいや、グレンには似合う。褐色の肌や引き締まった肉体、そして長い手足はそれだけで十分価値がある。繊細な刺繍が施された衣装を身につけたらきっと似合う。

タイツや細身のキュロット。躰にぴったりフィットするベスト。胸元を飾る絹のスカーフ。しっかりした縫製の上着はグレンの鍛え上げられた肉体を覆い隠すだろうが、それはむしろ潜在している能力を想像させるだろう。隠しようのない肉体美は、上質の絹や美しい刺繍を見せるに相応しい。

フィンは、自分の中から湧きあがる感情に驚いていた。しかも、刺繍の模様が自然と浮かんでくるのだ。何も思い浮かばなかったのが嘘のようだ。グレンをどう表現していいか、やっと

わかった気がする。

刺繍がしたい。

抑えきれない欲求に駆られていた。思えば、城に来てろくに針を手にしていない。城に戻って仕事をすると言っても王子は怒らないだろう。むしろ邪魔者が消えてくれると喜ぶはずだ。だが、今帰るのももったいない気がした。

もう少しグレンを知れば、針子としての仕事に役に立つ。

はやる心を抑えながら、今すべきは王子の傍にいることだと自分に言い聞かせる。

その時だった。

「誰かっ、その馬をとめてくれ！」

坂の上から馬と荷車がすごい勢いで駆けおりてくるのが見えた。荷物を載せたままの荷車を馬が引いている。辺りのものを蹴散らし、積んだ荷物の一部をばらまいている。

なんとかバランスを保っているが、いつ荷車が横転するかわからない。

「どけっ、みんなどくんだ！　蹴り殺されるぞ！」

警告する男の声に、誰もが慌てて道を空けた。驚きのあまり動けないでいると、視界を影が横切る。

「グレン王子！」

傍に繋いでいた馬に飛び乗ったグレンは、馬車を追った。さして広くはない道を馬車と馬を並走させながら主を失った馬の手綱に手を伸ばしているのが見える。その姿はあっという間に小さくなり、我に返って慌てて追いかけた。

馬が蹴散らしたあとの道は見るも無惨で、怪我をした者もいる。

「どう！　どうどう！」

ようやく追いついた時には、グレンは暴走していた馬の手綱を摑んで宥めているところだった。馬ははじめこそ暴れていたが、少しずつ落ち着いてきて最後には王子の制御下に収まる。まだ少し興奮しているようだが、信頼できる相手に身を委ねて安堵するように、徐々に穏やかな姿を取り戻していった。

「こら！　お前はなんてことを！」

馬の持ち主だろうか。太った男が鞭を持って走ってきた。怒りで顔が真っ赤だ。

馬が打たれる。

フィンは思わず目を閉じた。動物があんなふうに扱われるのは、見ていられない。

しかし、予想に反して鞭打つ音はしなかった。恐る恐る目を開けると、グレンが男の手を摑んでいる。

「……っ、な、何を……っ」

「馬を鞭で打つな」

「で、ですがあれを見てくださいっ。こいつのせいで荷物が台無しに……っ」

「鞭で打つなと言っただろう。聞こえなかったか？」

グレンが腰の剣に手を伸ばすのを見て、男の顔色が変わった。

「馬は無意味に暴れたりはしない。お前に原因があるんじゃないのか？　餌はちゃんと与えてるか」

「も、もちろんです！　大事にしてます！」

疑いの眼差しを向けたあと、グレンは馬の躰を丹念に確認する。

馬はおとなしかった。触れられても嫌がらない。

「おい、これを見ろ」

尻のところを見るよう促された男は、背伸びをして覗き込んだ。

「腫れてる。蜂にでも刺されたか、何かでぶたれたか。暴れた理由は多分これだ」

「よ、よく見えません」

「そうか。じゃあ馬は俺が貰う。お前が馬をきちんと管理できないなら、また同じようなことが起きるからな。見ろ、お前の荷だけじゃなく店の売りものも台無しだ」

「そんな……っ、馬がいなけりゃ仕事になりません！　生活できませんよ！」

「お前の生活なんか俺の知ったことじゃない」

馬の手綱を引いて歩きだすグレンに、男は縋りついた。王子の横暴な態度に、見ている者たちは眉をひそめている。

「王子！　お願いですから、馬を連れていかないでください！　大事な馬なんです！」

「きちんと扱えないお前に馬を飼う資格はない」

「きちんと扱いますから！」

ピタリと立ちどまった王子は、冷たい目で男を見下ろした。

「次にお前が馬を鞭で打ってるところを見たら、首を刎ねるぞ」

「も、申しわけありません。二度と馬を鞭で打ったりしません」

「俺は地獄耳だからな」

顔を近づけられた男は青ざめた。本当に殺しかねない目だった。あんなふうに睨まれたら大の大人でも震えあがって当然だ。

グレンから手綱を渡された男はホッとした表情で頭をさげた。そして、馬を見あげて首を撫でる。

「悪かったな。もう鞭で打ったりしないからおとなしくしてくれよ。でないと俺が王子に殺されちまう」

とぼとぼと帰っていく男を見た野次馬の中から、グレンへの不満が噴出する。

「ひどい王子ね。馬を取り上げようとするなんて、さすが生活に苦労したことのない王家の人間は違うわ。わたしたちの生活がどうなっても構わないのよ、きっと」

「あいつが王子だなんて世の中間違ってるよ。女王も持てあましてるってのは、どうやら本当らしいな」

「王子でなけりゃ、俺がぶん殴ってたところさ」

誰もが同じようなことを口にしているが、フィンは同意しかねた。確かにやりかたは横暴だが、グレンが本当に男から馬を奪う気だったとは思えない。男も自分が悪かったと反省した。馬が自分の生活に欠かせないと思い知ったのだ。今後は大事にするだろう。

民衆たちにそう訴えたかったが、グレンの姿が近くにないことに気づいて、フィンは慌てて追いかけた。

城に来て初めての新月の夜。

フィンは早めに仕事部屋に入り、内側から鍵をかけた。小さな蜘蛛に躰が変化すると、カーテンの裏に隠れて朝を待つ。

はじめこそ誰か来ないかと気を揉んでいたが、グレンの周りに使用人が少ないのもあり、人の気配がすることはなかった。そのうち静けさの中に息づく微かな物音に耳を傾ける余裕が出てくる。

風、虫の音、木々の葉が擦れる音。周囲を包む静けさはグレンそのもののような気がして、フィンはいつの間にか誰かに見られはしまいかという恐れを忘れて、グレンに思いを馳せた。

水面が穏やかだからといって、安全ではない。その下で命を奪いかねない危険な水流が待っていることもある。また、荒れ狂う海の底が、波がぶつかり合う海面の激しさが嘘のように静かなこともある。

グレンも表面だけ見ていては理解できない。

明け方が近づいてくると、早く刺繍がしたくてうずうずする。

「朝だ」

懸念していたことは何ひとつ起きず、あっさりと朝を迎えた。窓から望む中庭の美しさと言ったら言葉にならない。闇が朝日に溶けていくさまに覚えた感動は、無事にひと晩をやり過ごせた安堵のせいばかりではないはずだ。

躰がもとに戻るなり、裁断されたグレンの衣装を机に並べた。そして、一度部屋を出るとグレンの衣装部屋から無地のスカーフを持ってきて合わせてみる。

模様を思い描き、唐突に刺繍をはじめた。

グレンの紋章になっている闇。闇と言っても、ただ真っ暗なわけではない。その中に真実の姿が潜んでいる。

小さな蜘蛛を助けた。使用人たちが恐れるやりかたで。だが、あれは確かに小さき者の命を粗末にしない王子の優しさだった。

そして、馬の世話をする時の穏やかな目には王子の本質が隠れている。

使用人をあまり置かないのは、時がとまったような静けさを感じる中庭やそこで過ごす時間を大事にしているからなのかもしれない。フィンもその場所が好きだった。風になびく新緑や囀る小鳥の声。羽ばたき。木漏れ日に包まれる心地よさ。王子もそれらを愛しているなら、きっと噂どおりの人ではない。

地獄から戻ったと噂される王子は、本当の姿を隠している。誤解されている。むしろ、あえて誤解されようとしている。

フィンは、ひと針ひと針に心を籠めた。

全身には、翡翠色のラインが浮かんでいる。それはいっそうの輝きをもって針子の仕事に没頭するフィンを彩っていた。時間を忘れ、口の中から糸を出し、ただひたすら模様を描く。

誰かのためにする刺繍は、誰かを想うことだ。

日が落ちて月が窓から顔を覗かせても、手をとめなかった。その間、ほとんど食べものも口にしなかった。その時間すら惜しい。没頭する幸せに浸りながらただ手を動かす。

月が空の高い位置からゆっくりと城を囲む城壁の向こうへ姿を隠そうとする頃、ようやく手をとめる。

「よし、これでいい」

刺繍を入れた布を並べた。上着の袖や襟、そして、最後にスカーフ。その美しさに目を細めた。

初めて完成させたグレンのための刺繍は、フィンが感じる王子の印象そのままに黒地に黒の糸で縫いつけている。フィンの吐き出す糸は微かな光を纏い、模様を浮かびあがらせていた。それは料理の隠し味のように、できあがったものに深みを与えている。光の加減で浮かぶ姿は、噂に隠されたグレンの本質を思わせる。

また、スカーフは白地に白の糸で全面に縫いつけた。生地のなめらかさを失わないよう、細いラインで描いている。その模様は、グレンが闘う時の剣先の動きを表現していた。しなやかな腕の動きや踊るような足捌き、そして軽やかな身のこなし。それらがあるからこそ生み出される苛烈な一撃を蓄えた剣先は、いざ攻撃する時までその姿を隠して優雅に振る舞っている。

これが、グレンだ。

身につける気になってくれるかは、わからない。それでも、グレンに似合う、グレンだけの刺繍をすることができた。エセルバートの針子をすることだけを夢見てきたが、それが叶わぬからといって刺繍への情熱が変わるわけではない。

それがわかって少し気持ちが楽になった。集中を解いたからか、一気に疲れが襲ってきて温かい飲みものが欲しくなる。使用人は寝ているだろうが、台所に行けば自分で紅茶を淹れられる。

フィンは躰に浮かんだ翡翠色のラインが収まるのを待った。そこでようやく仕事部屋の扉が開いていることに気づく。そこに佇む人影を見て血の気が引いた。

まさか。

全身には、まだ翡翠色のラインが残っている。薄くなってきているとはいえ、誤魔化せるほどではない。呪術的な模様は張り巡らされた蜘蛛の糸のようでもあり、フィンがただの人ではない証しでもあった。

「君、その姿はいったい」

見られた。憧れの人に醜い姿を見られた。

誰にも見られてはいけないのに。秘密は守らなければならないのに。

「エセルバート王子……」

かつて自分を助けてくれた琥珀色の瞳に映っているのは、怪物の姿だ。王子はフィンの存在をそう認識しただろう。胸がつまる。

エセルバートは踵を返し、部屋を出ていった。追いかけようとしたが、足が動かない。呼吸が苦しくなり、全身が震えだす。

刺繍に集中していてノックにも気づかなかった。せっかく新月の夜を無事にやり過ごしたというのに、グレンの衣装部屋からスカーフを取ってきた時に鍵をかけ忘れたのだろう。あまりに愚かだ。

「う……っ、ど……しよう……、どうしたら……っ」

動揺のあまりその場に座り込んだ。一度そうすると、立ちあがることができなくなる。

驚きに満ちたエセルバートの目が、脳裏にこびりついていた。異質な者に向けるそれは、子供の頃、フィンを見て化けものと言って怖がった子供を彷彿とさせる。

人を喰らおうと思ったことはないのに。人を襲ったりもしないのに。

「み……見られ、た……、こんな……醜い姿を……っ」

あまりに悲しくて、フィンは糸を吐いた。こんなことは初めてだ。制御できない。

蜘蛛が七種の糸を使いわけるようにフィンは色を変えるだけではなく、用途に応じた糸を吐くことができる。人間の姿の時は刺繍に使う糸だけだが、今は違った。意志に反して粘着質の糸まで吐いてしまう。

糸線から溢れる液体は空気に触れ、次々に糸となり、あっという間にフィンの仕事部屋を覆った。壁に、扉に、窓に張り巡らされた糸は幾重にも重なり、強靱な鎖と化した。

さらにフィン自身をも覆う。

「……っく！」

なんとかしようともがいたが、むしろ糸をたくさん吐いてしまうだけで逆効果だ。身動きするほど、自分を縛る糸はきつく締まっていくようだった。窓の外に朝日の気配を感じたが、吐き出す糸が層になって遮り、弱々しくなっていく。

人間と蜘蛛の怪物(アラクネル)との間に生まれた子だと知れたら、処刑されるだろう。自分だけではない。両親は、特に母は――。

「と……父様、母様……」

悲しんでいる暇はなかった。両親に知らせなければならない。

だが、糸はすでに身動きができないほどフィンの手足に絡まっていた。どうやって解けばいいかわからない。そうしている間にも口から溢れる糸は、さらに部屋を覆い尽くそうとしている。

「ぅ……っ、……っく、……ぁ……」

首に巻きついた糸が、フィンを締めあげようとしていた。

自分の吐く糸で死ぬのか――遠のく意識の中、諦(あきら)めに取り込まれそうになる。さらに、扉の外が騒がしくなった。エセルバートが近衛兵(このえへい)を連れてきたのかもしれない。

『おい、俺だ。ここを開けろ』

グレンだった。扉の向こうにいる。怪物退治をするには、近衛兵よりもずっと適任だろう。

グレンが扉をこじ開けて中に入ってきた。さすがだ。剣で複雑に絡み合った糸を叩き斬るように少しずつ、こちらに向かってくる。弾力のある糸はそう簡単には切れないが、それでもいつかはフィンに辿(たど)りつくだろう。

「くそ、なんだこれはっ」

グレンの姿が見えた。糸の層の間から覗く琥珀色の瞳。深い闇のような瞳孔が自分を捉えているのがわかった。

グレンを初めて見た日に、想像した場面だ。王子というより騎士——絵画を見るように、怪物を退治する暗黒の騎士の姿が浮かんだ。あれが現実になるだけだ。

「お前、化けものか」

化けもの。

子供の頃に言われて深く傷ついた言葉だ。だが、今はなぜかそれほどの衝撃はない。

グレンの言葉には、未知のものに対する恐怖も蔑み(さげすみ)もなく、ただ見たままを口にする素直さがあった。せせらぎの水を口にした時のようにスッと喉をとおる。殺される覚悟ができたのかもしれない。穏やかな気持ちにすらなっている。

こうなる運命だったのだと。

そうしているうちに気が遠くなり、フィンは意識を手放した。

目を覚ますと、自分の部屋だった。

窓から降り注ぐ光が、絹の絨毯(じゅうたん)を四角に切り取っている。天使でも降りてきそうなまっすぐな光だ。直接日の当たらない部屋の隅にできた影は、優しげな静けさを保っている。

「よかった。お目覚めですか？」

傍にいたのは使用人だった。初めて見る女性で肌は白く、ブルネットの艶(つや)やかな髪が印象的だった。身を起こそうとすると、慌ててとめられた。まだ寝ているよう言われ、再び枕に頭を乗せる。

「新しい針子のフィン様ですね」

「はい、あなたは？」

「ガブリエラと申します。お休みをいただいておりました。父が躰(からだ)を悪くして……ですが、もうすっかりよくなりました。しっかり看病できたおかげです。本来その程度でお休みはいただけないのですが」

「あの……」

悪夢でも見ていたのだろうかと思った。エセルバートにあの姿を見られ、悲しみのあまり糸を吐いて部屋を覆った。身を護(まも)る繭(まゆ)のように、外敵の侵入を阻む城壁のように、それはフィンを仕事部屋に閉じ込めた。

その扉に目をやると、何事もなかったかのように閉じられたままだ。

「僕はいったいどうしたんでしょう」

「お仕事のしすぎだと伺いました。今お食事をお持ちしますね」

「あの……待ってください。僕はここにいていいんですか？」

「え？　どうしてです？」

何も聞いていないのだろうか。フィンが糸を吐く怪物であることを。

不思議に思ってそれとなく探ってみたが、詳しいことは聞いていないようだ。仕事部屋も覗かないよう言われているため、中がどうなっているのかも気づいていないらしい。

「ガブリエラさんはグレン王子に仕えて長いんですか？」

「どうか、ガブリエラと。もう三年になります」

今まで見た他の使用人たちとは、表情が違っていた。どの使用人も、少しでも早くここから立ち去りたいという気持ちが滲み出ていた。呼びとめようものなら、迷惑そうにふり返る者もいたくらいだ。だが、彼女は違う。

「僕はまだ針子になったばかりで、グレン王子をよく知らなくて」

「とてもお優しいかたです」

驚いた。グレンに関する噂はいろいろと聞いてきたが、そんなことを口にする人は初めてだ。

「恐ろしいかただと伺ってました」

「噂は噂です」

彼女の言葉に胸がグッと締めつけられる。

グレンに対して抱きはじめた気持ちが間違いではないと、勇気づけられたようだった。他人から聞いた話をすべて捨て、自分の目で見たものだけで判断していいのだと。

「そうですね。僕は最近まで他人から聞いた話でグレン王子がどんな人なのか測ろうとしてました。でもそれは間違いなんですよね。僕は王子の針子だというのに」

「仕方ないことです。だって、王子の噂は本当に恐ろしいものが多いんですもの」

明るく言われ、フィンは笑った。グレンに仕える者として、彼女の存在は心強く、安心できた。自分の主を信頼する彼女の姿勢は、フィンにも信じる勇気を与えてくれる。

それから運んでもらった食事を摂(と)り、気分がよくなると仕事部屋を覗いた。

「わ、ひどい」

部屋は層になった糸が張り巡らされていた。グレンが叩き切ったであろう痕跡(こんせき)が、一直線にフィンのいた場所にまで伸びている。意識を失いかけた時に見たグレンの瞳が脳裏に浮かんだ。

自分に向けて注がれていたあの迷いなき視線は、命を奪おうとしているものだと思っていた。退治されるのだと。けれども、今こうして息をしている。

なぜ殺さなかったのか。

理由はわからないが、命があるのはグレンのおかげなのは確かだ。あのまま身動きが取れなければ、自分の吐く糸で窒息していたかもしれない。

「一からやり直しだな」

　気合いを入れ、片づけをはじめる。グレンが叩き切った糸の束を集め、貼りついた糸を根気強く剝がしていく。フィンの力では作業はなかなか進まず、部屋がもとどおりになるまで丸一日を要した。あとは集めた糸をどう処分するかだが、山のように積んだそれを見て、よくぞここまで吐いたものだと我ながら感心する。

　日が暮れ、蠟燭に灯りをともす頃、扉がノックされた。フィンは慌てて糸の残骸をどこに隠そうか見回した。部屋の隅に押しやっていると、意外な人物が扉の隙間から顔を覗かせる。

「エセルバート王子」

「入っていいかい？」

「は、はい。もちろんです」

　あの姿を見たのに、エセルバートの態度はいつもと変わらなかった。捕らえに来たわけでもないのは、一人で来たことからもわかる。危険だと思わないのだろうか。

「気分はどうだい？」

「もう平気です。えっと……あの……」

　何から説明していいかわからず言葉を選んでいると、彼は糸の残骸を一瞥した。

「驚いたよ。その糸は君の躰から出てきたのかい？　君はいったい何者なんだ」

　人間と怪物の間にできた子だと言ったら、追放されるだろうか。

「僕は人間です。半分だけですけど」

「半分？　じゃあもう半分はなんだっていうんだい？」

さすがに躊躇した。自分だけの問題ではない。ひとつ間違えば、両親ともども処刑される可能性がある。しかし、見られたのだ。嘘を貫けるとは思えない。

「正直に話してくれ。グレンと約束したんだ。君をここから追い出さないとね。だから安心していい」

「グレン王子がそんなことを？」

「君が危険な存在だとわかれば、責任を持って自分が首を刎ねると言っていたよ」

その場面を想像してゾクリとした。だが、本当にグレンが自分の首を刎ねるとも思っていなかった。王家の人間に危害を加えようと思ったことなどないのだから。

フィンは覚悟を決めた。

「僕の母は、かつてこの国で人間と共存していた蜘蛛の怪物です」

さすがにこの告白には、エセルバートも驚きを隠せないようだった。フィンをじっと見つめてくる。恐れとも驚きともつかぬ視線だった。

「でも、信じてください……っ。人に危害を加えたことはありません。加えようとしたことも。父と母は純粋に愛し合ったから僕が生まれたんです。母は人を喰らったりしません。もちろん僕も。人を見て食欲が湧いたことはないんです」

「それが嘘でないと証明できるかい？」

「そ、それは……っ」

言葉につまった。

自分の訴えをどう証明すればいいのか。証明は可能なのか。考えるが、何も浮かばなかった。

結局、信じてもらうしかないのだ。

「……無理です。証明は……できません」

力なく言うと、エセルバートは当然だとばかりに頷いた。

「そうなんだよ。証明はできない。君がどんなに言葉で訴えようとも無駄だ。特に恐れる相手に対して人は疑い深くなる。だから、誰にもばれないようにしないとね」

「え？」

耳を疑った。フィンの言葉を、言葉だけを信じて、秘密を守ろうと言っているのだ。

「あの……」

「言っただろう？　グレンと約束した。僕は君ではなくグレンを信用したんだ。君が危険な存在ならあいつが必ず始末する」

何かあればグレンが始末する——ただそれだけを頼りに、フィンをこのまま城に置いてくれるというのだ。なんて器の大きい人だろう。それは、弟を信頼できる強さの表れでもあった。

「人間と怪物の共存については、僕も疑問に思っているんだよ。昔は仲良く暮らしてたのに、どうしていがみ合わなければならないんだろうって」

思慮深い眼差しに思わず見入った。

「人は愚かだね。自分より秀でた力を恐れて敵とみなした」

「エセルバート王子」

「手を取り合えばこの国はもっと豊かになれたのに。確かに今も豊かだが、隅々まで見渡すと問題は多い。富が行き渡っていない」

愁いを帯びた表情に何も言えなくなり、彼がどれほど多くのものを抱えているのか想像した。いずれ国を背負う立場の者の苦悩を垣間(かいま)見た気がする。

「だけど、正体がばれる危険を冒してまで王家の針子になったのはどうしてだい？　気が抜けないだろう？」

「それは……」

あなたに助けられたお礼がしたかったからです。

今にも言ってしまいそうだった。

彼なら新月の夜にだけ訪れる自分の変化も受け入れてくれるだろう。今なら、あの時のお礼が言える。

「実は以前……」

言いかけた時、扉が勢いよく開いた。入ってきたのはグレンだ。

「なんだ。ノックもせずに無粋な奴だな」

グレンは部屋を見渡し、集めた糸の束を見てからフィンに視線を送ってきた。助けてくれた相手とはいえ、やはりあんなふうに睨まれると怖くなる。

「片づいたか。首を刎ねられたくなければ仕事をしろ」

短く言って踵を返すのを見て、ポカンとするしかなかった。拍子抜けだ。

自分の針子だというのに、あんな姿を見ても何も思わないのだろうか。得体の知れない者を、傍に置いても平気なのだろうか。

「まったく、グレンはああいうところが駄目なんだよ。誤解される」

エセルバートも呆れているようで、苦笑いしている。

だが、フィンは気づいていた。グレンはフィンの刺繍の入ったスカーフを身につけていたことに。

「僕の仕上げたスカーフ……」

「ああ、君のことを黙っている代わりに、僕と一緒に諸外国の王子との会合に出席するよう言ったんだよ」

「え？」

「交換条件さ。グレンはそれを呑んだ。上着の刺繍も素晴らしかったから、次の会合に間に合うよう急いで仕立てているところさ」

信じられなかった。

その場で首を刎ねることもできたのに、なぜ、グレンはフィンの秘密を守るためにそんな約束をしたのだろう。

「あいつはなかなかああいう場には出てこないから。君のおかげでグレンを引きずり出すことができる。これからも何かある時は頼むよ」

一瞬浮かんだ策士の顔は、エセルバートがただ優しいだけの王子でないことを示唆していた。他国との交渉も行うのだ。人がいいだけの王子では、国益を守ることはできない。

「それじゃあ僕は行くよ」

命を助けてくれた礼を言うタイミングをすっかり失い、フィンは口にしかけていた言葉を呑み込んだ。今でなくていい。いずれ感謝を伝えられれば。その日が来るのを夢見て針子の仕事に没頭すれば、いずれまたチャンスが来る。

その時、手のひらくらいの大きさの蜘蛛が姿を現した。壁を這(は)っている。フィンの視線にエセルバートも気づき、燭台の蠟燭を手に取った。そして、炎を蜘蛛に近づける。一瞬の出来事だった。

蜘蛛はジリ、と音を立てて丸まった。微かに焦げた匂(にお)いがする。驚きのあまり声が出ない。

「ああ、ごめん。君の前ではよしたほうがよかったかな。子供の頃から蜘蛛を見たら殺すよう母に言われてるから反射的につい。嫌な気分にしたらすまない」

「い、いえ」

王子が部屋を出て一人になると、フィンは床に落ちた蜘蛛の死骸を見た。
手脚を折り曲げたまま、それはピクリとも動かない。

3

森に連れていかれた日のことは、今もよく覚えている。十二歳になったばかりの天気のいい日だった。

思いだすたびに、グレンは自分がどんな存在なのかを思い知る。成長するにつれて実の母に疎ましく思われているのをその頃から実感していた。

いつか母は自分を捨てるだろう。

子供心に感じていたことは、予想を遥(はる)かに上回る形でグレンに衝撃を与える。

「俺は城へは帰れないのか？」

連れてこられた場所で、グレンは従者に向かってそう言った。

森は深く、どんなに叫んでも声は届かない。鳥の囀(さえず)りが森を包む静けさをより深くしていた。

ひんやりとした空気が、これから起こる出来事を覆い隠そうとしているようだ。

「申しわけありません、グレン王子。女王の命令なのです」

自分よりもずっと体格のいい大人の男が、声を震わせて言った。力の差は歴然だ。

グレンは朝から何かが違うと感じていた。母である女王の態度がよそよそしく、落ち着かない。昔から疎ましいと思われていたのは気づいていたが、こんなことは初めてだった。しかも、その日は王子全員を連れて狩りに出る日だ。何もないはずがない。

　そして馬に乗って移動している途中、女王たちとはぐれた。予定された出来事のように。

「お前は俺を殺せと命じられたのか？」

「はい、そうです。そう、命じられました。ですが、たとえ女王の命令とはいえ、王子を手にかけることなどできません」

　地面に膝（ひざ）をついたまま深々と頭をさげる男には、苦悩が見えた。十二歳の子供でもわかるほどの痛みだった。丸太のような腕と樽（たる）のような腹。口元を覆うひげ。どれを取っても厳（いか）つく、子供のグレンには太刀打ちできない。

　そんな大男が、震えながら泣いているのだ。

「どうかお逃げください。どうか……っ」

「裏切ったら、お前の家族はどうなるんだよ？」

「ですが……っ」

　自分が女王に背いたせいで、これから家族がどんな不憫（ふびん）な暮らしを送ることになるのか考え、怯（おび）えているのだろう。

　決してこの男と親しくしていたわけではない。むしろ、どの使用人ともグレンは心を通わせようとしなかった。誰とも。

それでも女王の理不尽な命令に苦しむ男を見て、憐れに思うくらいの心は残っている。

「お前の上着を貸せ。獲物は持ってるだろ。それを使う」

「え？」

「いいから貸せって」

男がそれを差し出すと、グレンは仕留めた鳥の血で上着を赤く染めた。そしていかにも獣に襲われたように、ビリビリに破く。

「俺はこのまま戻って明日お前を捜索するように言うから、それまでに動物の死骸を残りの衣服につめ込んで森の奥に置いておくといい。きっと狼が食べに来る。喰い荒らされたら人間か動物かなんてわからない。お前は死ぬんだ。死んで、他の国にでも行け。家族はあとで呼べばいいい」

「王子……っ」

グレンは馬に乗り、男の上着を持って一人城へ戻った。その時の女王の驚きようといったら……。まるで死に神にでもでくわしたような目をしていた。それだけではない。得体の知れないものを見る目には、恐怖すら浮かんでいた。

実の息子だというのに。

その反応に、いかにも男を殺してきたとばかりの態度で「はぐれたあと獣に襲われて自分だけが戻ってきた」と言った。次にまた命を狙えば今度はただじゃ済まないと、琥珀色の瞳に忠告を浮かべた。

女王は思ったはずだ。恐ろしい子だと。とんでもない子だと。

自分でもそう思う。実の母への殺意は、明らかに存在していた。グレンが心の中で繰り返したのは、あたかも自分が本当に男を殺してきたかのような言葉だ。

俺を殺そうとしたな。知ってるんだぞ。あの男が全部吐いた。命乞いをしながら、全部吐いたんだからな。

それは自分を護(まも)るための暗示でもあった。

「戻ってよかったわ」

震える声で無事を喜ぶ女王から伝わってくる、息子への恐怖。

その時、グレンは思い知ったのだ。

誰も護ってくれない。忌まわしい存在である自分を護れるのは自分だけだ、と。

「グレン。何を考えているんだい？」

エセルバートの声に、グレンは我に返った。馬車で他国へ向かう道中で思いだしたくもない過去を蘇(よみがえ)らせたのは、憂鬱(ゆううつ)のせいかもしれない。それは巣穴から出てくる穴熊を狙う狼のように、グレンを今か今かと待ち構えている。

「嘘の笑顔を顔に貼りつけて食事をするなんて、どんな拷問だ」

「それも王子の務めさ」

「大事な荷を守る仕事ならいくらでもする」

「王子の仕事じゃないと言っただろう。だけどやっとお前を連れていける。嬉しいよ」

「俺が行ったところでどうなる？　国の品位を落とすだけだ。噂は隣国の人間にも届いてるんだろ？」

女王が浮気してできた子というのは、酒場に集まる者たちの格好の肴だった。そこには行商人もよく来る。他国の話は、そんな者たちを介して渡るのだ。どんなに目を光らせていようが、湖から一斉に飛び立つ野鳥を一羽残らず捕まえるのが不可能なように、土台無理な話なのだ。

「お前が半分しか血が繋がっていないとしても、僕はお前を弟だと思ってるよ。他の弟たちと同じように」

エセルバートが率先して自分と関わりを持とうとするのは、次期国王としての務めだと思っているからだろうか。

「ところでそれはフィンの刺繍だね。驚いたよ。これまで見たどんな刺繍よりもお前に似合ってる」

「俺にこんな衣装が似合うもんか」

兄弟の中には、グレンを蔑む者もいる。自分の父が亡き王ではないと噂で聞いた時から、母が、兄たちがなぜ自分に冷たいのかわかり、どう足掻いても深い渓谷に取り残された孤独から逃れられないのだと子供心に悟った。

心が干からびていくようだった。それは乾いた風にさらされて風化した岩のごとく、サラサラと崩れ落ちて何も残らない。

心の空洞を埋める術をまだ見つけられていない。

特に女王の側近であるルーヴェンは、グレンに対して厳しい態度を取ることが多かった。針子の試験から選任、配置までを統括する責任ある立場だ。国益を損なう存在だと思っているのだろう。王不在の国で、常に女王の傍にいて、政治的な助言を行う男なら当然かもしれない。

みんな知っている。グレンに亡き国王の血が流れていないことを。

自信に満ちたエセルバートをチラリと見た。落ち着いた表情に、この国を滅ぼすかもしれない自分をなぜ気にかけるのか不思議に思った。

「グレン、お前の理解者が増えそうで嬉しいよ」

「理解者?」

「そう、理解者」

「馬鹿馬鹿しい」

「じゃあ、なぜこんな嫌な仕事を引き受けてまで彼を傍に置こうとするんだい？」

「傍に置きたいんじゃない。針子がころころ変わるのが面倒なだけだ」

嘘ではなかった。

どうせ長くは続かない。そう思っていた。しかし、フィンははじめこそ自分を恐れていたもののの、ある日を境にグレンに喰いさがるようになった。刺繍をする相手を知らなければならないと言い、しつこくあとをつけてきたのだ。

諦めさせようとわざと自分だけ馬に乗り、長い時間城へは帰らず歩かせた。音をあげるかと思ったが、つま先から血が滲んでもついてくる。すべて刺繍のためだ。

今まであんなことをした針子はいない。

そのあとだ。取り憑かれたように仕事をはじめたのは。そして、今度は驚く姿をグレンに見せた。

部屋を覆うおびただしい糸。あれはフィンの口から出ていた。自分で自分を縛るほどの強靭な糸は、いったいなんなのだろう。この国を支えてきた養蚕の技術をもってしても、あれほどの強い糸は作れない。あの針子だけに備わった能力とでもいうのか。

しかも、スカーフに施された刺繍の美しいことといったら。

それは、救い出したフィンの手に握られていた。気を失ってもなお手放さなかったそれには、針子の魂が籠められていた。認めたくはないが、自分のための刺繍を見て、心を打たれたのは嘘ではない。

これまで闇の紋章に合う刺繡など、誰も上手く表現できなかった。闇の中に沈むのは絶望くらいしか思い浮かばないというように、似たような、闇の紋章を補足するような模様を配置するだけだった。それも当然だと思っていた。

だが、剣のような模様から伸びる動きのあるラインは、これからいくらでも希望を生み出せると言っているかのように広がっていた。ラインの横の蹄鉄らしき模様が、寄り添うように配置されているのもいい。

ともに歩むものを彷彿とさせ、決して一人ではないことを示しているようだ。

あれほどの刺繡をほぼ一日で仕上げられるなんて人間業ではない。

「フィンと話したよ」

「あいつは蚕の化身か何かか？　あの大量の糸はなんだ？」

「興味が湧いたかい？」

「怪物なら首を刎ねるという約束だからな。それで、あいつは何者なんだ」

「自分で聞くといい」

知っているふうのエセルバートを見て、なぜか少し苛ついた。いつでも微笑を崩さない一番上の兄は、何を考えているかわからない。だからこそ政治に向いているとも言える。いや、政治の場に駆り出されるからこそ、そんな術を身につけたのかもしれない。

馬車はさらに進み、隣国の領地へと入っていく。

「なぁ、グレン。お前の針子なんだぞ。もう少し伝え合ったほうがいい。あの子はお前のいい理解者になれるよ」

グレンは鼻で嗤(わら)った。理解者など欲しいと思ったことはない。もとより邪魔な存在とされてきたのだ。今さら誰かと心通わそうなど、望むだけ無駄だ。

「俺は女王を滅ぼす存在になるかもしれない。そうだろ？」

それは、代々王家に仕えている占い師が言った言葉だ。彼女は、狩りから一人戻ったグレンをそう言ったのだ。

破壊の星が出ていると……。

「決めつけるな。破壊の星というのが何を示しているのか、実際のところはわからないと占い師も言っていただろう」

「でもあの女は、俺が自分や国を滅ぼす存在だと思ってる。俺もだ」

実の母をあの女呼ばわりするグレンを、エセルバートはどこか悲しげな目で見た。血の繋がった親子でありながら、埋めようのない溝があることを憂えている。

「女王陛下は重圧のせいで心が疲れているんだよ。国を背負って立つというのは、想像以上に大変だからね。しかも女だというだけで、軽視されがちだ」

グレンはなんの感情も浮かばなかった。憐れみもいたわりも感じない自分は、人間らしい心に欠けていると思う。女王が疎ましがるのも当然だ。

「それより荷が心配だ。特に今日は量が多い。狙われてるかもしれない」

「案じるな。荷を守るのは本来お前の仕事じゃないよ。それより今後は王子としての仕事をきちんとしてもらうよ。フィンの秘密を漏らさない代わりにと約束したからには、頑張ってもらわないとね。ほら、城壁が見えてきた」

同じ城壁でも、セルセンフォートのそれとはまったく違った。

鉄資源が豊富で武器の輸出を主に行っている国を包む空気はどこか重々しく、暗い。

城壁の前で馬車は停まり、門番に交通証を見せた。馬車が城壁内へ入ると、牢獄(ろうごく)にでも放り込まれる気分になる。危険な荷の警護をするほうが気が楽だ。

グレンは袖口に施されたフィンの刺繍を指でなぞりながら唇を歪(ゆが)めた。

こんなところに駆り出されたのは、あの針子のせいだ。

あの時助けてくれたのは、エセルバートではなかったのか。

最後に彼に会った夜から、フィンは同じ疑問を繰り返していた。躊躇(ちゅうちょ)なく蜘蛛(くも)を蠟燭(ろうそく)の炎で焼いた行動やその言葉から、新月の夜に自分を助けてくれた人でないのは間違いないらしい。

だったらあの時の人は――。

限られた者しか立ち入れない場所。うっすらと記憶に残る声。もの言い。

グレンも琥珀色の瞳をしている。

恐ろしいと噂される王子は今、豪華な衣装に身を包んで他国へと向かっている。フィンのために交換条件を呑み、王子の務めを好まないグレンが外交の場に赴いているのだ。

「みんな興味津々だよ。どうして急に行く気になったんだろうって」

「ただの……気まぐれかもしれない」

久しぶりに遊びに来たノアに本当のことを明かすわけにもいかず、半分は自分に言い聞かせるようにフィンは言った。

ノアによると、グレンがめずらしく外交に参加したという話は、針子たちの間で持ちきりだという。今日こうして飛んできたのも、真相を聞くためらしい。他の王子に比べれば地味だが、それでも刺繍の入った衣装を身につけて他国へ赴いたとなれば大事件だ。

「フィンの刺繍がすごく気に入ったのかな。だから、衣装を着てみたくなったんじゃないかな？」

「まさか。僕の刺繍にはそんな力はないよ。また酒場で噂するんだろう？　みんなに僕の力じゃないって言っておいてよ」

「フィンも来ればいいんだよ。楽しいよ。時々ちょっと危ない目にも遭うけど、本気で王家の針子に手を出そうとする人はいない」

長い間隠れ住むように生きてきたフィンが、夜遊びに馴染めるとは思えなかった。夜は静かなほうがいい。グレンの住む居館の中庭のように、虫の音を聞いたり風を浴びたり。そんな時間がいとおしい。

「フィン様、ご友人がおいでになっているならおっしゃってください。今何かお飲みものをお持ちします」

二人に気づいたガブリエラが、中庭に出てきた。

「あ、彼女はガブリエラ。グレン王子に三年も仕えてる人だ」

「へぇ、三年も」

ノアは好奇心を露わに、さっそく質問攻めにする。

「グレン王子のことをよく知ってるんですか？」

「う〜ん、どうかしら。グレン王子は簡単には心の底をお見せしないかたですから」

「でも三年も仕えてたらどんなかたかわかりますよね。前の針子さんはどうされたんですか？首を刎ねられたって」

「ちょっと、ノア」

制しながらも、フィンも本当は知りたかった。噂どおりのことをしたのか気になる。

「やっぱりそういう噂が立ってるんですね。それは本当ではありません。針子の仕事を辞めたがっていたので、グレン王子がクビにしたことに」

　聞くと、前の針子は父親に言われるまま針子になったが、半年も経たないうちに父親が病で亡くなってしまった。残された母の傍にいて支えてやりたいが、国の決まりで一度針子になれば、自分の意志では辞められない。

「……そうだったのか」

　フィンはポツリと零した。噂を鵜呑みにしていたわけではないが、どこかで本当かもしれないと疑っていたなんて、グレンの針子として相応しくない。

「じゃあ気に入らない使用人の首を刎ねるっていうのは？」

「急に姿が見えなくなるからかもしれません。わたしも急なお休みをいただいたので」

「えっ、予定外のお休みを貰ったんですか？　いいなー」

「ええ。でも、こうして戻ってきました。多分、姿が見えなくなったという話だけが一人歩きしたんだと思います」

「なぁ～んだ」

　つまらなそうに唇を尖らせるノアに苦笑いする。

　怖いもの見たさで、グレンの数々の恐ろしい逸話は酒場ではいい酒の肴だ。話が大きくなることもあるだろう。

　噂に惑わされてはいけない。もう惑わされないと、心に誓った。自分の目で見るものがすべてだ。だからこそ、もっとグレンを知らなければとも思う。

「あ、もう戻らないと。ルーヴェン様に叱られる。よく仕事ぶりを見に来るんだ。お茶はまた今度にするよ、ガブリエラ」

先日仕事部屋に現れた大臣の姿を思い浮かべる。あれから二度ほどフィンの仕事部屋に来て、刺繍を見ていった。深い皺の刻まれた鋭い目許を思いだす。

針子への厳しい態度は国への忠誠心からだろうが、ノアはどうやら苦手らしい。

「だけどルーヴェン様ってちょっと厳しすぎない？　些細なことにも口を出してきてさ」

「だ、駄目だよ。悪口なんか言っちゃあ。誰が聞いてるかわからない」

「ここにはガブリエラ以外誰もいないだろ？　好んで近づく使用人はいないよ」

式典の時はグレンの針子と言われてショックだった。ずっと昔のことのようだ。今は、あの時のような絶望的な気持ちはまったくない。

「交渉が上手くいかなかった時は特に機嫌が悪いんだ。俺たちの刺繍のせいにすることもあるんだよ。価値を高めるようにって、いつも口うるさく言われるし」

「相変わらずノアたちのところは大変だね」

「グレン王子の針子のほうが、のびのび仕事ができそうな気がしてるよ」

「首を刎ねられますよ？」

ガブリエラの言葉に、ノアは一瞬目を見開いて笑った。もうその言葉を本気にはしないだろう。酒場での楽しみが減るのは気の毒だが、これ以上グレンの妙な噂が広まらなければいい。

それからフィンは、仕事に戻るノアを送ることにした。二人で歩いていると、何やら居館の中が慌ただしい。

「何があったんだろう」

ノアが使用人の一人を捕まえて事情を聞くと、驚くべき事実を教えられる。

「はい。絹を運んでいる最中に荷が崩れたとかで崖下に。怪我人も出ているようです」

「怪我人が？」

「馬にも被害が出たようです。詳しいことは……」

早く仕事に戻りたそうな態度だった。これ以上引きとめても無駄だとわかり、礼を言って彼女を解放する。

「ごめん、フィン。俺ももう戻らなきゃ。仕事をサボッたのがルーヴェン様にばれたらお叱りを受ける」

「うん、行って」

慌てて仕事部屋に向かうノアを見送ったフィンは、もう少し事情に詳しい使用人がいないか探した。すると、三人で顔をつき合わせている使用人がいる。声をかけようとして、やめた。グレンの名が聞こえてきたからだ。

「なんでも役に立たないからって、馬を自分の手で殺すんですって」

「恐ろしい王子だわ。使うだけ使って殺すなんて、人間の心をお持ちでないのよ」

「率先して殺すらしいわよ。そんなことは王子の仕事ではないのにね。きっと血が見たいのよ。ああ、本当に恐ろしい」

誰もが眉(まゆ)をひそめ、その残酷さを口にしていた。冷酷な王子だと。血も涙もないと。

そんなはずはない。血を見たくて馬を殺すなんてあり得ない。

フィンはここに来たばかりの頃、馬の手入れをするグレンを見た。あの時は穏やかな瞳をしていた。人間に向けるのとは違う、優しい目だった。人の噂は当てにならないと思い、厩舎(きゅうしゃ)に向かった。すると、男が立ちはだかる。おそらくここの馬丁だろう。蹄鉄の手入れなどの知識を持った専門家だ。

「何かご用でしょうか？」

「あの……グレン王子がこちらにおられると聞いて」

「奥にいらっしゃいます」

グレンは何をしているのかと聞くと、これから馬を殺処分するという。

「荷を運んでいた馬ですか？」

「そうでございます。見たいのですか？」

「と、とんでもないっ」

「本来なら王子はあんな仕事はなさらないんです」

「グレン王子が進んで馬を殺そうとでも言うんですか？」

フィンの問いに男は答えなかった。

こっちです、と促され、男についていく。厩舎は清潔に保たれていて、ふかふかの藁が敷きつめられていた。日当たりもよく、居心地がよさそうだ。厩舎の奥を指差されて覗き見ると、グレンの背中が見えた。その向こうには、藁の上に横たわる馬の苦しそうな姿が見える。瀕死の状態だ。

「あの馬は死ぬしかないのです。殺して楽にしてやるしかない。馬のことを知らない奴らは好き勝手言いますが、なんにもわかっちゃいない。ではこれで」

「あの……っ」

フィンの呼びかけは無視された。再びグレンに目を遣ると、馬の前に跪いたままその姿を眺めている。

馬を助けるためにここに来たのではなかったのか。

なぜ、わざわざ自分の手で——本意を確かめなければと声をかけようとした時だった。

「よく働いてくれたな」

苦しそうな馬の首をゆっくりと撫でながら、グレンはそう言った。これまで聞いたことがないような、悲しみに濡れた声だった。

まるで長雨にさらされて深く項垂れる草花のように、頼りない。

「国のために、本当に……よく働いてくれた」

痛みが、悲嘆が、静けさに包まれた場所に染み出しているようだった。更けていく夜のように、音もなく、ただ深く闇に包まれていく。

この姿を見て、グレンが好き好んで馬を殺していると思う人はいないだろう。

自らの手で殺すことを選んだのは、おそらく敬意の表れだ。これまで働いてくれたことへ感謝している。だからこそ自らの手で……、と考えるのも当然だった。少しでも楽に死なせてやりたいのかもしれない。

涙が出た。

「お前とともに荷を運んだことは忘れないぞ」

馬の首にキスをしたあと、グレンは胸のスカーフを解いて馬の顔に被せた。光沢のあるそれは、上質の絹だ。フィンの刺繍が入っている。血で染まるとわかっていながら、それでも国のために働いた馬に贅沢な品を惜しみなく捧げる。

短剣を握った瞬間、フィンは廏舎をあとにした。

見てはいけない。別れを告げる姿を軽々しく覗いてはいけない。

どれほどつらいだろうと想像すると、嗚咽が漏れそうになった。声を抑え、零れる涙を手で拭う。つらい場面でもあったが、どこか神聖な儀式を目の当たりにしたようでもある。

その姿は、いつまでも脳裏に焼きついていた。

密度の高い雨に覆われた城は、命を落とした者を弔うかのようにひっそりしていた。絶え間なく落ちてくる雨音は鎮魂歌のように心に染み込んでくる。

フィンは刺繍に没頭していた。

厩舎で見たグレンの姿が頭から離れない。

グレンを包む悲しみに、王子の本質を覗き見た気がした。

言葉の通じない相手に対する慈しみ。

誰も理解しようとしない。一方的な憶測で恐ろしい王子だと決めつけられても、弁解などしない。なぜ誤解されたままで平気なのか。なぜ、言いたいまま言わせるのか。わからない。

だから刺繍に籠めることにした。王子の本当の姿を。王子の深い悲しみを。王子の孤独を。

そして、優しさを。

グレンの理解者になりたいと思った。この気持ちがなんなのか、自分でも説明できない。ただ、強く思うのはただひとつのことだ。

彼を一人にしていいわけがない。

フィンはまず、黒地に金の糸を使ってグレン自身を剣と馬で表現した。剣は単なる武器ではなく、人を護るために、馬を苦しみから解放してやるために使われる。使う者の痛みはグレンそのものだ。そして常に傍にいる馬を、蹄鉄だけでなく美しい鬣(たてがみ)で、肢体を美しく光らせる太陽で、駆け抜ける大地で、そこに溢(あふ)れる緑で、躰を休ませる月夜で表現する。

瞳の色に合わせたそれらは派手すぎず、琥珀色に近い落ち着いた輝きは瞳の色をより引き立たせるだろう。褐色の肌にも似合うはずだ。

さらに、黒地に黒の糸で国を支えるすべての者たちを入れていった。

農民は桑の木を模した刺繍で。絹に携わる者は絹の輝きで。そして、絹に携わる者だけでなく、国を支える者すべてを象徴する模様を次々に入れていく。誰一人欠けてはならない。グレンが馬を大事にする姿から学んだことだ。

光の加減で時折浮かびあがるようにしたことで、普段は見えない力を彷彿とさせる。

一着の衣装の中にそれらを入れ、グレンが孤独から解放されますようにと、祈りを捧げた。

彼が真に理解される日が来ると信じて。

最後に手がけたのはスカーフだ。

身につけたものを捧げるグレンの馬への気持ちを、そこに籠める。

グレンの痛み、涙、愛情。ともに荷を運んだ者の命を奪わなければならない口惜しさは、どれほどだっただろう。けれどもその気持ちは馬に伝わったはずだ。細いバックステッチで絆(きずな)を表現する。

気がつけば、泣いていた。

頬を濡らすそれを自分のハンカチで拭うと、すぐさまグレンのもとへ向かった。このところ外交や政治の場にもよく出るようになったからか、不本意そうな顔をするもののフィンの刺繍が入った衣装を試着してくれる。

「あの、グレン王子。新しい衣装です。当てていただけますか」

「わかった」

近々他国の王子を招いてのパーティーに出るという。この国が誇る絹を宣伝するには絶好の機会だ。その場で商談がはじまることもめずらしくない。

グレンの上着に裁断された布を当て、スカーフを結んだ。全身を包むそれはすべてを覆い隠しているが、その実、内に秘めた魅力を露わにしている。隠すほどに、潜在する能力を仄めかし、想像がどこまでも広がっていくのだ。

「お似合いです」

そう言ったところで喜ぶとは思っていなかったが、自然と言葉になった。

「次はこれを着ていく。すぐに仕立て職人に回せ」

「ありがとうございます」

気に入ってくれたのかはわからないが、着てくれるのだと思うと嬉しかった。それがたとえエセルバートと交わした約束のためでもいい。

そしていつか、グレンを取り巻くさまざまな誤解が解けるといいと思う。

「なんだ、まだ何か用か？」

「あ、いえ。なんでもありません」

上着を受け取り、自分の部屋に戻ろうとして思いとどまった。ふり返ると、グレンは窓の外を眺めている。他人を拒絶しているようだが、どこか寂しげでもあった。

いや、寂しいのではなく、孤独なのかもしれない。寂しいという気持ちすらわからないほどの孤独を抱えている。

もう用はないのに、フィンはグレンに近づいていった。その目に映る景色を見たかったのかもしれない。どんなふうに世界を見ているのかを。

「雨、あがったんですね」

「ああ。少し日が差してきた」

グレンが窓を開けた。ベランダのところに光の粒が集まっている。蜘蛛の巣だった。

水滴を纏ったそれは、わずかな日の光を浴びてその向こうに広がる緑を、建物を、花を映し出して虹色に輝いている。

「綺麗ですね」

何が、と言わなくてもグレンはわかっているようだった。王子が眺めていたのも、同じものだった。なぜかそれが嬉しくて、胸がいっぱいになる。大きく息を吸って外の空気を肺に取り込んだ。

　雨に洗われた空気は不純物がなく、透明度が高い。自分までもが浄化されるような新鮮な気持ちになった。

「グレン王子は、蜘蛛を殺すことはあるんですか？」

「どうしてそんなことを聞く？」

「あ、いえ……その……なんとなく」

なぜ突然こんな質問をしたのか、自分でもよくわからなかった。

「なぜ蜘蛛を殺さなければならない」

「女王陛下の命令です。皆さんそうされます」

　グレンを見あげると、黙って見下ろされる。はじめはあんなに恐ろしかった琥珀色の瞳を、今は美しいとすら感じた。

　一度だけ見たことがある。その中に小さな虫が閉じ込められた琥珀を。父が母に贈ったもので宝物だと言っていた。

　時に琥珀はその中に含んだものを時の流れから切り離し、後世へと運ぶ。偶然が重なって起きる奇跡だ。それに出会えることは、これ以上ない幸福だと言えるだろう。

　グレンの瞳の奥にも、大事に抱えられた感情があるはずだ。包み隠しているだけで、必ず存在している。

奇跡を見つけたい――心からそう願わずにはいられない。

「お前は何者だ？」

まっすぐに見下ろされたが、怖いとは思わなかった。

「糸を吐くお前は、いったい何者なんだ」

「え……」

フィンの秘密をエセルバートから聞いていないのだろうか。

これまで触れたことはなかったのに、なぜ急にそんなことを聞くのだろう。

「お前は俺が恐ろしくないのか」

「怖い、です。いえ……恐いと……思っておりました」

でも今は違う。今は、ただ知りたいだけだ。もっと知りたいという気持ちがフィンをいっぱいにしている。

「蜘蛛を見つけたら殺せだと？　馬鹿馬鹿しい。あんな小さな生きもの殺したとこで死んだ人間が戻ってくるわけじゃない」

何か言おうとしたが、さがれと命令されてお辞儀をする。

もう少し話がしたかった。

グレンの部屋を出たフィンは、上着を大事に抱えて自分の部屋へ向かった。扉を開けようとして呼びとめられる。大臣だった。

「ルーヴェン様」

片膝をつき、深く頭をさげる。緊張した。

「それはグレン王子のものか」

「はい。これから仕立て職人に回す上着です。先ほど当てていただきました」

「貸してみなさい」

手を出され、それを差し出す。

「見事な刺繍だ」

「ありがとうございます」

「前回グレン王子が着ていたのも、お前の刺繍だったな。隣国の国王があまりに見事な出来映えに驚いておられたぞ。もとはエセルバート様の針子を希望していたのだったな」

ルーヴェンは女王陛下の側近で、影響力は大きい。そのひとことで針子をどこに配属するかも決められるだろう。もし、彼がフィンの技術を評価したら――。

「本試験の時は緊張で力を発揮できなかったと言っていたが、ここまでとは。他にも思い当たることはないか？　道具を変えたのか？」

「いいえ。おそらく、グレン王子を知ったからだと思います。誰のための刺繍なのかと考えて仕事に励んでおりました」

「どう知ったというのだ？」

「お優しいかたです」

「ほう、誰もが恐れる王子を優しいとは。一介の針子にそんなことがわかるのか」

「も、申しわけありません。生意気を……」

思いのほか厳しい口調に、身を引き締めた。そうだ。わかった気持ちになるには早すぎる。グレンはまだ心を開いていないのだから。

「まぁいい。これほどの刺繍ができたことには変わりないのだからな。第五王子の針子にとどめておくには惜しい」

昇格を仄めかしているのか。思いがけない言葉に戸惑う。

「は、はい」

「今もエセルバート様の針子になりたいという希望は変わらぬのだな」

思わずそう言ってしまったが、本当のところはわからなかった。針子になったばかりの頃なら、跳びあがって喜んだだろう。恐ろしいグレンの針子から解放されると、胸を撫でおろしたに違いない。

「で、ですが……っ、まだ仕上げていない衣装がございます。と、途中で仕事を放り出すのは……王家の針子として無責任かと」

「それは確かにそうだな。急ぎはせん。さらに腕を磨いておくように」

「はい」

大臣が立ち去ると、グレンの上着をじっと見つめる。

もっと刺繍がしたかった。もっと王子に似合う刺繍を……。


「君の刺繍が評判になっていたよ。あの時のグレンを見せてやりたい」

エセルバートがわざわざフィンの仕事場まで来たのは、他国を呼んで行ったパーティーにグレンが参加したあとだった。

決して愛想のいい対応ではなかったが、グレンの存在は諸外国の王や王子たちの目にとまり、それが交渉のきっかけとなったようだ。刺繍の美しさに心を奪われた彼らはその技術を称え、セルセンフォート製の絹製品を欲しがったという。

だが、自分たち針子の手柄だとは思わない。それを身につけた王子たちの品格がなければ心奪うことはできなかっただろう。そして何より交渉の術を持っていたからこそ、その場を有利に運べたのだ。

「少しでもお役に立てたのなら光栄です」

「これからも期待しているよ。特にグレンが王子としてあの場に参加するようになったのはすごい進歩だ」

「グレン王子を本当に案じていらっしゃるんですね」

フィンの言葉に、エセルバートは嬉しそうに目を細めた。

ガブリエラが運んだ紅茶がいい香りを漂わせていた。上品で気分が豊かになる。ふと両親を思いだし、二人にもこれと同じ茶葉を届けたくなった。

城に来てから緊張の連続で二人を思いやる余裕はなかったが、こんなふうに考えられるようになったのは、いい傾向かもしれない。

「僕も両親のことが心配です。いつか一緒に暮らせるといいんですけど」

「そうだったね。君のお母さんは……」

蜘蛛の怪物、とは口にせず、微かな憂いを帯びた目をしながら、こう続けた。

「人は自分とは違う者ともっとわかり合わなければ、争いが起きるばかりだ」

その態度から、エセルバートを取り巻く環境が複雑だとわかる。

現在、国王不在だが、この国は王を最高権力者とし、女王、王子、そして王の一族が重要な地位に就いている。次いで貴族たちが国を動かす役目を果たしており、はっきりとした身分制度が成り立っている。

けれども、さらなる権力を握りたがる者がいないとは限らない。この国と同じような身分制度の国で、革命が起きたと聞いたことがある。

「僕は第一王子という立場でありながら、グレンを孤独のまま大人にしてしまった。そのことに負い目を感じているのかもしれない。女王陛下と弟の亀裂ひとつ埋めることができない僕には、国をまとめるなんて到底できないよ」

「そんな……。グレン王子を一番気にしていらっしゃいます」

「君もね」

仲間だと言われているようで、嬉しかった。グレンを介して、憧れていた人と親しくなるなんて不思議だ。

「ところでグレン王子は今日も積み荷に同行されているんでしょうか」

「ああ。王子の役目は果たしたというのにね。パーティーに参加した時は、これでもう危険なことはしないだろうって期待してたんだけど、一筋縄ではいかないね」

フィンはグレンに思いを馳せた。

死にたがっているのか。死んでもいいと思っているのか。

実の母親に愛されずに育つのは、どんな気持ちだろう。両親から溢れんばかりの愛情を貰って育ったフィンには、想像もできなかった。

「なぜ、危険なことに飛び込むんでしょうか。あえて危険に身をさらしているとしか思えません」

「君も知ってるだろう？　グレンが『地獄から戻った王子』と言われる所以を」

答えにくかった。どう返事をすればいいか迷っていると、気にする必要はないとばかりに軽い口調で言った。

「城で働く者たちの間でも一番人気の噂話さ。王家のスキャンダルはいい気分転換になるからね」

「そんな、僕は決して……っ」

「君がとは言ってない」

責めるつもりはないと念を押してから、エセルバートはさらに続けた。

「フィン。君は噂についてどう思っているんだい？　正直に言ってくれ」

わずか十二歳の少年だった頃、家臣を殺して戻ってきた。血塗(ちまみ)れの服を持って。自分も血にまみれて。誇らしげですらあったという話も聞いたが、誇張ではないだろうか。

グレンの中庭を見ると、家臣を殺して平気でいられる人だとは思えない。

初めてここに来た頃に、中庭の木陰をお気に入りの場所だと言った。あの景色を愛せる人に心がないわけがない。

「僕は、グレン王子の優しさに触れました。馬とか虫とか。自分より弱い者を大事にされます。平気で家臣を殺すような人とは……」

「僕もグレンが殺したとは思っていないよ。だけど、数々の証拠がグレンが犯人だと指し示しているんだ。ただ、気になる噂もあってね」

どうやらグレンの殺害を命じられた家臣が、他国で生きているという話があるというのだ。

血のついた彼の衣服と獣に喰い荒らされたあとの骨が見つかってから、家族は悲しみに暮れ、いつの間にか行方を晦ましたという。

「じゃあ、もしかしたら」

「その可能性はある。一人で逃げたあと、家族を呼んだって可能性がね」

「その人を見つけ出せば、グレン王子の誤解は解けますよね。でも、なぜ女王陛下はそこまでしてグレン王子を……」

「母を責めないでほしい」

「そんなっ、一介の針子が女王陛下を非難することなどあり得ませんっ！」

思いのほか強い口調になり、慌てて詫びると優しく見つめられる。

「グレンを好きでいてくれてありがとう」

好き。

その言葉は、雨あがりに吹き抜ける風のようにフィンの心に新鮮な空気を運んだ。これまで見えていなかったものが鮮明に浮かんでくる。

あんなに苦手だったのに、今では知りたいという思いのほうが強い。少なくとも嫌いではない。重ねてきた新しい気づきが、見方を変えたのだ。

自分は、グレンが好きなのだろうか。人として。王子として。尊敬の対象として。

答えは見つからなかったが、ひとつだけ気づいたことがある。

エセルバートと面と向かって話しているのに、まったく緊張していない。彼と初めて話をした時はあれほど心臓が高鳴り、夢でも見ているようにふわふわしていたのに。

今も憧れる気持ちはあるが、なぜこんなに落ち着いていられるのだろう。次期国王に相応しい器の持ち主に対する尊敬が勝っているからなのだろうか。いや、もしグレンの存在が関係しているのなら――。

自問していたが、慌ただしい足音に蹴散らされるようにそれは掻き消された。

「王子！」

駆け込んできたのは、顔色を変えた家臣だ。

「ノックもなしにどうした？」

「申しわけありません。今、積み荷を運んでいた者が一人だけ戻ってきまして、盗賊に襲われたと……」

報告する声に宿った緊張からも、どれほど深刻な事態なのか思い知らされる。

「グレン王子が同行されている荷ですかっ？」

フィンは思わずエセルバートを差し置いて聞いてしまっていた。

馬に乗った救助隊が国を出て、半日ほどが過ぎていた。

積み荷を運ぶ時の倍の人数を、しかも腕利きの男たちと馬車には傷の手当てをするための医薬品を揃えて積み荷が襲われた場所へ向かう。

国境を越えてから隣国の中心まで、丸二日は馬を歩かせなければならなかった。桑畑の広がる豊かだった大地は、ところどころ岩や孤独な高木が顔を覗かせる荒地へと変わっている。時折小動物が姿を見せるが、人の気配はまったくなかった。人工物も見当たらない。延々と続く一本道は迷わずに済むが、脇道すらないそれは寂しげだった。

孤独な姿はグレンの心を彷彿とさせる。

「申しわけありません。一人で馬に乗ることもできないのに、深く考えもせずについていきたいだなんて。僕は馬車でいいんですが」

王子とともに馬に乗ったフィンは、身を小さくするばかりだった。

「気にしなくていい。あれは乗り心地があまりよくない」

今回の荷にグレンが同行したのは、普段より多くの品を運ぶため、いつも以上に危険だと判断したからのようだ。護衛を増やせばいいだけなのに、やはり進んで危険に身をさらそうとしているとしか思えない。

「王子、もうそろそろ到着します」

道は右手の小高い丘の下をとおっていた。道側の半分が削り取られていて、剝きだしの岩肌が見える。丘の上には枯れかけた老木が項垂れるように枝を伸ばしていた。その周りにはゴツゴツとした岩がいくつもあり、いつ崩れ落ちてくるかわからない。道は緩い弧を描き、先がよく見えなかった。盗賊が待ち伏せしやすい地形だ。

進んでいくと、丘の向こうにポツポツと黒い点が見えてきた。近づくにつれて、馬や人、荷馬車、そして大きな岩だとわかる。

「急ぐぞ」

襲われた場所に着くと、怪我人が横たわっていた。馬を降り、救護班が手当てをはじめる。荷の一部は持っていかれたようだが、死人が出ていないのは幸いだった。

第一王子自ら来たとあって、誰もが目に輝きを取り戻した。助けが来た安堵（あんど）に加え、自分たちのためにエセルバートが自ら足を運んだことが彼らに気力を取り戻させる。

自分たちが使い捨てではなく、一人の国民として大事にされていると感じたのだろう。

王子の役割を見せられた気がした。

「グレンはどこだ？　知っている者はいるか？」

「王子……っ、グレン王子は……っ」

ひどい怪我を負った男が、弱々しく腕をあげて訴えた。

「自ら……囮（おとり）になられた、としか……思えません。盗賊たちに……自分が王子だと名乗られたあと、奴らを……っ」

男が指差すほうを見て、エセルバートは表情を曇らせた。その反応から楽観できる状況ではないとわかる。

これまで地平線が続くばかりだったが、左手に黒々した緑が広がっている。森だ。荒地の中に突如として現れたそれは、どれほどの広さなのかわからなかった。

「行くぞ。君も一緒に来てくれ」

フィンは救助隊の一部を連れたエセルバートとともにそちらに向かった。到着すると、想像していた以上に深い森だとわかる。ついてきた救助隊らも皆一様に眉根を寄せた。

「この森はなんなんでしょうか？」

「厄介な場所だよ。ここは魔物が棲むと噂されている森だ」

「魔物が？」

もう一度森を見た。巨人の群れのような木々は、動くはずなどないのにこちらに迫ってくるように見える。風に揺れる枝がそう感じさせるのかもしれない。

「この森は迷路も同じだ。自分も帰れなくなるかもしれないというのに、ここに誘い込むなんてまったくあいつは」

太陽が出ている今ですら、森は人々を呑み込もうとする魔物のようだった。そこから流れてくる風は冷たく、禍々しい者が棲みついていそうだ。

「この中に、グレン王子がいるんですね」

今すぐにでも助けに行きたかった。しかし、誰も中に踏み入ろうとしない。

「前にここに迷い込んだ者がいたんだ。腰に紐を括りつけて中に入ったが、戻ってこなかった。紐をひっぱると、まるで獣に喰いちぎられたように切れていたそうだ」

「そんな……」

森に棲んでいるのは本当に魔物なのか、それとも人を喰らう肉食動物なのか。

「危険だとわかっている場所に、なんの策もないまま大事な家臣たちを踏み込ませるわけにはいかない。犠牲が増えるだけだ」

冷静な判断だった。グレンのためとはいえ、闇雲に探せば多くの命を犠牲にしかねない。ここでいったん踏みとどまるのは、人の上に立つ者の責任として正しい。

けれどもフィンは、たったひとつの方法に気づいていた。それは、フィンだからこそできることだった。

「僕が中に入ってはいけませんか?」

「なんだって?」

何を言いだすのかという顔だった。そんなエセルバートに、あの日見たことを思いだしてくれとばかりにゆっくり頷く。

「もしかして君は」

「大丈夫です。僕の糸は目に見えないくらい細くなります。もし、切ろうとする者がいても見えなければ切られません。ただ……」

糸を吐く時に現れる躰の変化を仄めかすと、言い澱んだフィンが何を訴えたいのか察したようだ。

「わかった。家臣たちは一度国に戻らせる。だが、僕も一緒に行こう。それなら……」

「いけません。第一王子というお立場です。二人でここに残るなんて言っても、誰も国に戻ろうとしないでしょう」

「だが、一人では」

「いいえ。お願いです。一人で行かせてください。そのほうがいいんです。それに、僕はあの醜い姿を見られるのは嫌なんです。だから……」

「醜い？」

エセルバート王子が何か言いかけた時、二人でコソコソ話をしているのに痺れを切らした家臣が二人の前に片膝をついた。

「――王子っ、ここは危険です。王子だけでも一度城に戻られては……」

急かすな、とエセルバートは手で制し、もう一度深く考えた。そして、意を決したようにフィンの肩に手を置く。

「確かに君に頼るのが一番かもしれない」

「お任せください。僕一人で森に入ります」

「わかった。グレンを頼む」

一度決めてしまうと、迷いはないようだった。すぐに救護隊らを集めて、これからのことを指示する。

「いったん城へ戻る。怪我人を運ぶのが先決だ。改めて救助隊を編成する」

自力で立てない者を荷馬車に乗せ、比較的軽傷の者の手当てを素早く済ませた。そして家臣の一人にたいまつを用意するよう命令する。剣を持っていくよう言われ、腰にベルトを巻きつけられて剣を装着される。それはずっしりと重く、フィンの腕で簡単に振り回せるものではなかった。とても護身用の道具にはなりそうにない。

ほんの気休めでしかないそれを頼りに、森に入る覚悟をする。

「じゃあ頼むよ。森に入れるよう準備を整えてから改めてここに来る。君たちが森から出てこない時は捜索を開始するからね。これを持っていくといい」

たいまつを手渡され、しっかりと握った。

この広い森のどこかにいる。魔物がいるかもしれない森に。だが、必ず捜し出す。

剣の訓練を受けたこともなく、自分の身をどう護ればいいかすらわからない。獣に襲われれば、ひとたまりもないだろう。

しかし、グレンのためなら勇気を振り絞ることができた。

森に近づいただけで、冷たい空気に包まれた。魔物が棲むと言われているだけに、奥深く続く闇があらぬ想像を掻き立てる。恐ろしい魔物が、今にも飛びだしてきそうだ。

ふり返り、王子たちの一団が見えなくなるのを待ってから馬を木に繋いだ。

「ごめんね。君はここで待ってて」

もとより一人では乗れないのだ。道連れにすることはない。

「僕が森から出てこなくても、迎えがくるから大丈夫だよ。グレン王子と二人で戻ってこられるように祈ってて」

馬の首を撫で、そう声をかける。

フィンは口から蜘蛛の糸（スパイダーシルク）を吐き、普段はあまり吐かない粘着質の糸で木に留めながら進んだ。全身にうっすらと翡翠（ひすい）色のラインが浮かびあがる。腕の模様を見てため息をついた。この姿を見たら、魔物も仲間だと思ってくれるかもしれないと自分を勇気づけ、森へと入っていく。

ボゥ、ボゥ、と低く唸（うな）るような声は山鳩（やまばと）だろうか。絶えず鳴き続ける声は警告のようでもある。

危険だ。近寄るな。喰われるぞ。

舌で糸を紡ぎ、延ばしながらさらに奥へ進む。森の入り口が遠くになるに連れて、不安も大きくなっていった。人影はないか、グレンが残した目印はないか、目を凝らす。

「王子！　グレン王子！」

森の深さに慣れてくると、声を出して呼んだ。糸をさらに延ばし、奥へ奥へと進んでいく。ふり返ると、糸はきちんと帰り道を指し示していた。

大丈夫だ。決して切れたりしない。一部が切れても、途中何度も木に留めているから付近を探せばすぐに見つかる。そう自分に言い聞かせ、さらに歩調を速めて進んだ。

夜も更け、さらに闇が深くなる頃、フィンは赤い点が草を染めているのに気づいた。

「これは……」

グレンの血だろうか。ポタリポタリと液体が落ちて固まっている。跪いてそれを手に取り、確かめた。やはり血だ。

その時、背後に禍々しい気配を感じた。

グレンだといい。そう考えたが、同時にそんなことはあり得ないとも思った。あれは、人のものではない。

相手を刺激しないよう、ゆっくりとふり返ると、草むらの中にいくつもの目が浮かびあがる。囲まれていることにようやく気づき、立ちあがった。

「狼……」

中型の肉食獣とはいえ、数で襲われたらひとたまりもない。人が集まる場所には現れないが、ここでは支配者のように堂々と姿を見せ、近づいてくる。

グル、と唸り声が聞こえた。

たいまつを置き、震える手で剣を構えて狼を睨(にら)む。しかし、どう闘っていいのかわからない。構えるだけでも、その重さに腕が震える。

ガルゥ……ッ、とひときわ大きな唸り声が聞こえると同時に、茂みの中から一匹飛びだした。

「う……っく！」

剣をなぎ払うようにして自分を守る。なんとか喰いつかれずに済んだが、狼は再びフィンに狙いを定めていた。右にも左にも、身を低くしてフィンを狙う狼の姿がある。

「――っく！」

今度は左側から襲われた。再び剣で防ごうとするが、尻餅(しりもち)をつく。剣を手放した。たいまつを拾って振り回しながら立ちあがり、身構える。落ちた剣をチラリと見た瞬間、黒い塊が襲いかかってくるのが視界の隅に映った。

「うわ……っ」

喉笛(のどぶえ)に噛(か)みつこうとする狼の牙(きば)が光った。たいまつを捨てて両手で狼の首を掴(つか)んだが、躓(つまず)いて仰向(あおむ)けに倒れる。獣臭い息と唾液(だえき)が眼前に迫った。激しく首を振りながら喉笛に噛みつこうとしている。

もう駄目だ。

フィンは覚悟をした。力の差は歴然だ。

しかし、ギャン……ッ、と悲鳴が聞こえたかと思うと、狼が回転しながら茂みまで飛ばされた。

「騒がしいと思って来てみれば……っ、なぜこんなところにいるっ！」

「グ、グレン王子！」

「こんなところに何しに……」

フィンの肌に浮かんだ翡翠色の模様に気づいたグレンが、目を見開いた。しかし、グルルッ、という唸り声が四方から迫ってきて、我に返ったようにフィンを背中に隠して剣を構える。

「ったく、何者なんだお前は。詳しいことはあとで聞く。動くなよ」

「は、はい」

「お前ら俺を喰うつもりか？　喰いたけりゃ来い。皮を剥いで肉を喰ってやる」

フィンには迷わず襲いかかってきたのに、グレンに対しては慎重に狙える瞬間を探していた。動物の勘だろうか。手強い相手だと感じているのだろう。

ジリ、とグレンが前に出ると、狼たちもジリ、と一歩さがる。琥珀色の瞳は狼を捉えたまま一瞬たりとも離さない。狼たちの耳と尻尾は次第に垂れていき、剝きだしにしていた歯も見えなくなった。最後にはキュウン……、と弱々しい声を発して退散する。フィンはへなへなとその場に座り込んだ。

「申しわけ、ありません。助けに来たつもりが……護っていただくことに」

「助けなんか期待してなかった。それより、その模様」

フィンの肌に浮かんだ変化を凝視され、思わず顔を背ける。あまり見ないでほしい。琥珀色の瞳に醜い姿が映っていると思うと、耐えがたい羞恥に見舞われる。

「糸を木に留めながら来ました。糸を辿れば森の外に出られます」

「なるほど。前に模様が浮かんだ時も糸を吐いていたな」

オォー……ン、と遠吠えが聞こえた。夜は肉食獣が活発になる時間だ。

「くそ、話はあとだ。狼以外にも俺たちを喰おうとする獣がいるかもしれない。夜動くのは危険だ。それに、お前はもうしばらく歩けないだろう？」

靴を脱ぐよう言われて従った。慣れない靴だったからか、踵に血が滲んでいた。すり切れて痛い。

「腫れてるな。歩き慣れていないからだ。針子ってのは軟弱だな」

「も、申しわけありません」

責められているのかと思うが、グレンはフィンに背中を向けて地面に片膝をついた。

「ほら」

一瞬、なんのことか戸惑ったが、おぶってやると言われているとわかる。

「とっ、とんでもありませんっ。もう大丈夫です。ほら。ちゃんと立てます。むしろ僕が王子をお運びする立場なのですから」

「お前が俺を背負って歩くのか？　その細い躰で？　笑わせるな。いいから早くしろ。いつまでも俺を地面に跪かせておくつもりか？」

「申しわけありませんっ」

慌てて背中に摑まると、ひょいと背負われた。視線の位置がぐんと高くなる。

「後ろから俺を喰うなよ」

全力で否定すると、「本気にするな」と鼻で嗤われた。まさかグレンが冗談を言うなんて驚きだ。

グレンのうなじが目の前にあるのが信じられなかった。微かに香るのは体臭だろうか。湧き水の出る場所に立った時に鼻を掠める爽やかな匂いだとか、雨あがりの時の濃い緑から漂う新鮮な匂いだとか、そんな言葉でしか表現できない。

親しみ深くて落ち着く。

思わず鼻を近づけたくなり、驚いた。王子に対してそんなことをすれば首を刎ねられる。

自分の衝動を抑え、黙って運ばれた。しっかりと大地を捉えて歩く歩調を感じていると、安心できた。手放しに身を任せていい相手だと思えるのだ。言葉では説明できない何かがある。

しばらく行くと、森の奥に開けた場所があった。そこに横たわっているのは湖だ。

「わ、すごい」

森の切れ目から空が望めた。月の光が強く、乳白色の光が差し込んでいてこの世のものとは思えない美しさだった。

禍々しいと噂される森に、こんなところがあるなんて驚きだ。

「綺麗、ですね」

下ろしてもらい、湖に近づく。近くの木に馬が繋がれており、グレンは馬の首を撫でた。やはり、馬相手だと目が優しくなる。あんなふうに見つめられる馬が羨（うらや）ましかった。

「肉食獣が来たら、馬が危険を察知して知らせてくれる」

見張りが馬、闘うのが王子。一人と一頭で互いに補い合って安全を確保する。体力を温存しながら危険の中で生き抜く手段を心得ている王子に、尊敬の念を抱いた。同時に、その術を身につけた理由を想像し、胸がチリリと痛む。

繋いだ馬の傍に座るよう言われ、素直に従った。するとグレンは自分の左袖を引き破って湖の水に浸して戻ってくる。足を見せろと言われて、後退りした。

「王子、そんなことをされなくても」

「遠慮してる暇があったら、少しでも足手まといにならないように俺の言うことを聞け」

王子という立場にありながら針子の足に触れ、手当てをするなんて信じられなかった。申しわけなくて、けれども家臣のように跪くグレンの姿はどこか気品に溢れていて、思わず見入っていた。俯（うつむ）いた王子の前髪の向こうにチラリと見える高い鼻先や凛（りん）と結ばれた口元、顎の男らしい線からは、野性味という色香が滴り落ちている。

「模様が薄くなってきたな。お前は何者だ？」

「え？」

「あとで聞かせてもらうと言っただろう。お前は蚕の怪物か？　蜘蛛の怪物か？」

まっすぐに見つめられ、正直に言わなければと思った。尋問されていやいや口を割るのではない。結果がどうなろうと、打ち明けるべき相手だと感じたのかもしれない。

高貴な者を前に、跪き、すべてさらけ出し、身を委ねる——そうしたいと思う相手に他ならないからだ。なぜグレンに対してそんな気持ちを抱くのだろう。

「父は人間ですが、母が蜘蛛の怪物です。両方の血を引いています」

「アラクネルか。しかも半分だけとはな。とうに滅んだ一族だと思ってたが」

「いえ。少なくとも母は今も生きてます」

「一族は刺繍の名手だったな。お前の刺繍の秘密がようやくわかったよ。糸はどこから出してるんだ。口の中に何かあるのか？　それとも喉の奥から出てるのか？」

ふいに顔をあげたグレンと目が合い、なぜか恥ずかしくなった。自分の躰のことをこんなふうに問われるなんて、丸裸にされる気分だ。

「し、下顎のところに穴があります。舌で隠れていますから、しゃべっていても誰にも気づかれません」

「見せてみろ」

躊躇した。口の中を覗かれることに羞恥を覚える。だが、王子の命令には従わなければならない。心臓がトクトク鳴っていた。まっすぐに見つめられて観念する。

あ、とフィンは口を微かに開けた。すると開き足りなかったのか、いきなり顎を掴まれて中を覗かれる。

「ぁ……」

グレンの琥珀色の瞳には少年の好奇心にも似たものが浮かんでおり、それがフィンに焦りを呼んだ。しげしげと口の奥を覗かれ、口を開けたままその視線に耐える。迷いのない視線は、実際に触れられる以上に羞恥を運んだ。

「んぁ……っ」

いきなり指を突っ込まれ、躰を硬直させる。指は穴を探して下顎の柔らかい部分を念入りに探ろうとする。

「ぁ……ぁ……、……ぁ」

開けたままの口から唾液が溢れてきた。唇からそれが滴っても、お構いなしだ。やめようとしない。指が穴を探り当てたかと思うと執拗（しつよう）に弄（いじ）り回す。

「ここか」

穴の近くを指で押されるたびに糸のもとになる液体が溢れてきた。それは空気と混ざって糸になる。グレンが指を口から出すと、ツ……、と糸が出てきた。

「躰の中では液体なのか。空気に触れると固まるんだな」

「そう、です、……んく……」

ものめずらしいのか、再び指で口の中をまさぐる。しかし、今度は唾液が大量に出ているため、それと混ざって次第に固まらなくなった。顎が疲れてきて懸命に耐えるが、グレンの好奇心はとまらない。

「んぁ、あ」

そんなに押さないでほしい。微かに開いた穴に指を入れないでほしい。

目を閉じ、何度も祈りながらグレンの興味が途絶えるのを待った。しかし、さらにそれは深くなるらしく、指を二本に増やして穴の周辺を探りはじめる。

「……ぁ……」

「さっきは糸になったのに、なぜ固まらない？」

指を出してくれないとしゃべれないのに、グレンの指からはそうする気配は感じられなかった。より深く、フィンを調べようとしている。

自分の指で。自分の目で。

「肌の模様がまた浮かんできたぞ。糸を吐くほどはっきりしてくる」

「――んっ！」

唇を唇で塞がれた瞬間、フィンは目を見開いた。何が起きたのかわからない。すぐ目の前にはグレンの顔があった。思いのほか長い睫と閉じられた瞼。鼻と鼻が密着しているのがわかる。

それは、初めてのキスだった。

王子の舌に口内を探られる行為は、耐えがたい羞恥と高揚に満ちていた。指と舌とで探られ、目をきつく閉じたまま自分を捧げるしかない。

「ぁ……ん、……んぁ……、はぁ……っ」

次第に体温があがってきて、全身が震えた。自分の吐く息がとても熱いとわかる。

「面白いな。もう完全に固まらなくなった。糸になるには条件がいるのか」

単に唾液の量が多すぎて、糸にならずに半分しか固まらないだけだ。そう言いたいが、口は舌と指に征服されたままでフィンの自由にはならなかった。何も言葉にできずに、グレンの好奇心にさらされるばかりだ。

「口の中が赤い」

「――っ！」

とてつもない羞恥に襲われて、躰が熱くなった。目尻から涙がツ……、と落ちる。

「ぁ……」

ようやく口を解放されたかと思うと、いきなり肌に舌を這わされた。

「んぁっ！」

「模様は顔や手脚だけに浮かぶのか？　見せてみろ」

「王子……っ、グレ、ン王子……っ、お待ちくださ……、……ぁあ……っ」

「待てだと？　誰に言ってる」

ハッ、と鼻で嗤われ、口を噤んだ。

そうだ。王子に楯突いてはいけない。抵抗してはいけない。王子の命令は絶対なのだ。

しかし、グレンがその立場でなかったら抗えただろうか。フィンと同じ身分の者なら撥ねのけられたとでも？

自問するが、答えが見えないまま行為はさらに濃密さを増す。

草を食む馬の気配がすぐそこでしていた。二人の行為になど気にもとめず、柔らかで美味しい部分を鼻で探している。馬が放つ空気は穏やかで、ことさらこの行為に溺れる自分がはしたなく思えてならなかった。

グレンが心を許す数少ない相手を意識の隅にとどめることで理性を手放さずにいようとしたが、それも次第に薄れていく。

「はぁ……ぁ、……ぁあ……ぁ、……ぅ……っく」

躰からは力が抜け、されるがままだった。糸になりきれずにとろりとした液体のまま、それは口から溢れて、顎を伝って首筋をなぞるように落ちていく。

零した体液と同じように、自分の躰もとろとろに蕩けていく錯覚に見舞われた。

「なるほど、全身に浮かぶんだな。ここも、ここも、……ここもだ」

「や……、……ぅ……ん、おやめ、くださ……、……王子、……ぁ……っふ」

キスは、執拗な長さでフィンを翻弄した。

「んぁ……、ぁ……あ……ん」

苦しくて、けれどもそれだけではなくて。

指と舌で滅茶苦茶に口内を嬲られながら、見せろと言われるまま口を開くしかなかった。涙が溢れ、目尻を伝ってこめかみを流れ落ちていく。

もう許してほしい。これ以上翻弄しないでほしい。どうにかなってしまう。いいや、もうなっている。このままでは自分がどんなことをしでかすかわからない。張りつめた中心は今にも欲望の証しを放ってしまいそうだ。

王子の前で粗相はすまいと思うが、痺れるほど舌を吸われ、全身は愛撫のいいなりだ。促されるまま緩み、開き、溢れさせている。

「肌の模様がどんどん濃くなる。何か意味があるのか？」

答えなど欲しくないのか、疑問を口にしたのに答える隙を与えてはくれなかった。釦を外され、上着を剝ぎ取られたフィンは、革のベルトが外されて放り出されるのを見ながら、自分がまるで生贄になった気分を味わった。

愛撫とは違う乱暴な手つきが、快楽をもたらしていることに気づく。

はだけた衣服の間から、胸の突起が覗いていた。そこにも翡翠色の模様が浮かんでいるが、硬く尖った突起の周りの柔らかい肌の部分だけ少し色味が濃くなっている。

「やっ！」

いきなり吸いつかれてビクン、と躰が跳ねた。上半身を仰け反らせてしまうのは、なぜだろうか。刺激されるたびにビク、ビクンッ、と弾ける自分を抑えることができない。

「ここが好きか？」

ちゅ、ちゅ、と音を立てて控え目に尖る突起を吸われる。かと思うと、いきなり解放されて

「あう……っ、……ん、や……ぁ……、ぁあっ、あ、あっ、やぁ！」

周りの柔らかな部分を舌先で刺激された。

ブルルッ、と馬が鼻を鳴らす音が聞こえた。忘れていた存在に、狼が襲いに来たら……、と思うが、馬は落ち着いたままだ。鼻先で草を掻き分ける音だけが微かに聞こえている。

「はぁ……っ、ぁ……あ……、……もう……」

何度目になるかわからない王子をたしなめる言葉は、その唇の下に消えた。

「うう……ん、んっ、ん……っふ」

穴の中に舌が入り込んできて、強く吸われた。また溢れる。

異物の侵入を許したことのないその場所は、戸惑ったようにひくりとすぼまった。しかし、いざグレンの舌先がこじあけるように入ってくると、穴は吸いつくように取り込んでキュンキュンと収縮を繰り返し、熟れる。

ゴクリとグレンの喉が鳴った。自分が大量に溢れさせたものを飲んだのだ。王子ともあろう者が、針子の体液を。

そんなふうに考えるとますます自分がいけないことをしている気分になり、王子に対して罪深さを覚えた。すると今度は下唇を強く吸われ、体温があがって柔らかくなったそこは敏感に反応する。

ちゅ、ちゅ、と濡れた音を聞きながら、さらに唇を吸われた。舌を出して王子のキスに応える。いや、自分から求めていた。もっとしてくれと。もっと深く口づけてくれと。

貪欲（どんよく）な一面はフィン自身を驚かせ、戸惑わせた。これほどの欲望を抱えていたなんて信じられない。相手は王子なのに。

王子にキスを求めるなんて。王子を求めるなんて。

身分が低い自分が欲しがるのはあまりに罪深くて、いたたまれなさに身を焦がさずにはいられない。

「翡翠色のラインが醜いだと？」

「うう……ん、んっ」

「どこまで鮮やかに染まるんだ、お前の肌は」

それを確かめるように、舌はさらにフィンのイイところを探して、見つけて、そして翻弄した。全身に浮かんだそれを見たがり、はだけた衣服をさらに剝ぎ取っていく。

へその周りを舌先でなぞられて、悲鳴にも似た嬌声が漏れた。

「ああ……っ！」

口が寂しかった。王子の舌を求めて無意識に口を開いてしまう。もっと舌を絡ませて口内を舐め回してほしかった。

寂しい。口の中が寂しい。

啜り泣くように小刻みに息をしていると、口の中に指を突っ込まれた。乱暴だったが、なぜかそうされることに悦びを見出してしまう。硬く、長い指にフィンの無防備な口内を探られる。

醜いと思っていた躰のラインを丁寧に舌先でなぞられ、胸の突起は硬く尖り、逆にその周りの肌は柔らかく熟れ、色づいた。

「あ……、もう……」

「もう、なんだ？」

耳もとで獣じみた息遣いとともにグレンの声を注がれた。ぞくぞくっ、と全身が総毛立ち、下腹部が苦しくなる。もうこれ以上堪えきれない。

た。

「……それ……以上……、……ひっ……く……、い……いけま、せ……」

限界を超えた時のことを想像して、懇願する。そんなみっともない姿をみられたくはなかった。

「……いけません……っ、……こんな……、……こと……」

「俺に命令するのか？」

「王子……っ」

「出したいんだろう？　出してみろ」

「――っ！」

まさかと思うようなことを言われ、フィンは激しくかぶりを振った。

無理だ。できない。王子の前でそんなことはできない。

理性が必死で訴えるが、キュロットをずらされて容赦ない言葉を注がれる。

「だったら、俺が手伝ってやる」

「――んぅ……っ！」

唇を塞がれ、舌と指で口内の穴を嬲られた。侵入され、開かされ、暴かれる。そこには大人の男が見せる欲望と、子供がめずらしいおもちゃを与えられて一心に遊ぶ無邪気さが混在していた。一途（いちず）にフィンの絶頂を目指しているのがわかる。

「んぅ、……ぅ……ん、んっ、んっ、んぅ……っ、んー……んぅ、んっ、……んぁ」

喘ぐことすら許されず、ただ昂っていくしかなかった。頭の中が真っ白になり、自分を掻き回すグレンの指と舌だけが、フィンをいっぱいにする。ただ、それだけに集中する。

「――ぁ……っ！」

限界だ、と思うのと同時にフィンは白濁を放っていた。放ってもすぐには収まらず、二度、三度と、軽い痙攣とともに残りをダラダラと垂れ流してしまう。

ようやく収まるとグレンは躰を離し、フィンを上から眺めた。その視線にさらされる羞恥といったら、言葉にならない。夜空を背後にしたグレンの琥珀色の瞳が美しいほど、己のはしたなさを感じてしまう。

「また躰の模様が濃くなった。お前は感じるとそうなるのか？」

「わか、りま……せ……、こんな……、……はじめて……です」

「わからないなら、もう一度確かめるまでだ」

「――ぁ……っ！」

翡翠色の模様を指でなぞられ、フィンが放ったものと唾液と混ざった糸のもとを中心に塗られる。一度放って力を失ったそこは、息を吹き返すようにグレンの愛撫に応えはじめた。

「ベタベタだ」

「ひぅ……ぅ……、……ん、……」

「お前のせいだ」

不機嫌そうに言われたかと思うと、カチャカチャと金具の音がした。それがグレンが前をくつろげる音だと気づいて、息を呑む。

「……お前の、せいだ」

もう一度言われ、下半身を覆うものをすべて剥ぎ取られた。そして、自分の膝を抱くように躰を折り曲げられる。股の間に挟まされたのは、明らかにフィンのそれよりもずっと嵩(かさ)のある逞(たくま)しい屹立(きつりつ)だった。

「あぁ……、……ぁ……あぁ……っ、……や……」

やんわりと腰を前後に揺すられ、泣いた。泣いて、喘いで、震えて、求めた。

馬が草を食む音は、もう聞こえない。

気を失うように眠ってしまったフィンを、グレンは黙って眺めていた。翡翠色の模様はもう消えている。

木に繋いだ馬が足元の草を食んでいた。躰の奥まで浸されそうな静寂に満ちた夜だ。つい先ほどまで、熱病に冒された時間を過ごしたとは思えない。

まだ幼さの残る寝顔を見て、細い躰で助けに来ただなんてよく言えたなと鼻で嗤い、そして、また笑った。

自分の変化に気づき、ハッとする。人に対してこんなふうに笑みを浮かべたのは、いつ以来だろう。実の母に命を狙われ、生きて帰ってきたことが彼女を恐れさせ、グレンを孤独にした。戻った時の母の目は、今もよく覚えている。

なぜ。

戸惑いの次に浮かんだのは、恐怖だった。実の母の瞳に宿ったそれは、グレンに言葉以上にその気持ちを伝えてきた。

次は自分がやられる。

なぜ、実の子を見てそう思うのだろう。なぜ、他の兄弟と同じように思ってくれないのだろう。

その日以来、グレンに対する態度はあからさまに変わった。そっけなくなり、避けるようになり、常に誰かを監視につけた。心が孤独に蝕(むしば)まれていくのを、グレンはわずか十二歳で味わったのだ。

女王の態度を確固たるものにしたのは、王家お抱えの占い師だった。

彼女は言った。グレンは女王を壊す存在になり得ると。破壊の星がその事実を指し示していると。

なるほど、自分は女王にとって、ひいてはこの国にとって、破滅を招く存在なのだとグレンは思った。亡き王の血を継いでいないことからも、災いでしかないのかもしれない。

そう思い知ってから、早く終わらせたいという気持ちが次第に芽生えていった。早く誰か殺しに来いと。

殺すどころか助けに来た。たった一人で。

「この森に一人で入ってくるなんて、馬鹿な奴だ」

ブルッ、と馬が鼻を鳴らした。

優しい目をする生きものと同じ視線を持っている男だと、フィンを常々そう思っていた。ただ優しいだけではなく、意志の強さを秘めていると。

馬は心を尽くしてやると、誠実さと意志の強さをもって応えてくれる。そういったところが、ひ弱そうな針子と通じるのだ。

もう誰とも心かよわすことはないと諦めていた。少なくともフィンは、針子の仕事のためにグレンを理解しようとしている。まさかこんな人間が自分の前に現れようとは、予想だにしていなかった。

人間と怪物の間にできた子。自分の針子がかつてこの国の人間と共存していた刺繍の名手の血が流れているとは驚きだが、妙に納得もしていた。フィンの刺繍は、それまで美しい衣装に興味のなかったグレンの心を動かした。それは自分にだけ向けて作られたからなのかもしれない。フィンの手がけたものを身につけていると、自分が忌み嫌われる存在であることを忘れた。

針子の思いが、伝わってくるのだ。

だが、フィンはエセルバートに恋をしている。

それは普段の態度からも、フィンがエセルバートの針子を希望していたことからも明らかだ。

自分などから解放してやるべきなのでは……、と考えた。

ブルルッ、とまた馬が鼻を鳴らした。肉食獣の気配を察したからではないらしく、長い尾はゆったりとした動きを保っている。

「お前もそう思うのか？」

手を伸ばし、馬の首を撫でながら話しかけた。

心が凪いでいるのを感じる。手放しがたく、刻む時をどうにかここにとどめておけはしまいかと、くだらないことが脳裏をよぎる。馬鹿な考えだと斬り捨てたが、その残滓はいつまでもグレンの心に存在感をもって居座り続けた。増幅しようとしさえする。

月はすっかり傾いてしまった。朝日の気配が空に漂いはじめると、消えていく星々を眺めながら、グレンはこの時間が終わるのを惜しいと感じていた。

ほんの少しだけ。

4

無事に城に戻ってきたフィンの日常は、戸惑いに満ちていた。

グレンは森での出来事を忘れてしまったかのようで、あれは月の光が見せた幻想ではないかと思うようになっていた。王子という立場の者が自分のような針子相手にあんなことをするはずがない。

きっとそうだ。そうに違いない。

その日、フィンはグレンのところへ向かった。荷が襲われてからというもの、これまで以上に積極的に荷の護衛として同行するようになっていた。王子としての役割もこなしているため負担は大きい。そんな中、グレンのためにできることはないかと考えたフィンは、ある決断をしていた。

「グレン王子。あの……荷物の護衛をする時に身につけられる衣類に刺繍をしてはいけないでしょうか?」

「わざわざか?」

「はい。せめて小さな刺繍だけでも」

「勝手にしろ。邪魔にならないならなんだっていい」

「ありがとうございます！」

すぐに衣装部屋へ向かい、ずらりと並んだ衣装をざっと見回す。半分は王子らしい衣装だが、もう半分は王子に似つかわしくない、騎士か護衛の者のそれと思われるものだ。

フィンの刺繍はまだほんの一部だった。これからもっと増やそう。そう考えるとわくわくした。そして、王子の身を護るためには何に刺繍するのが一番なのか考える。

闘いの場において常に身につけるもの。

黒い革製のベストに目が行った。よく見ると、矢を弾いた痕跡がある。

くぐり抜けてきた危険がどれほどかフィンに訴えてくるようだった。自ら危険に身をさらす姿は、まるで己を罰しているかのようだ。

母が犯した不貞の罪を被る必要などないのに……。

傷に触れ、どんな心境でそこに立っていたのだろうと想像する。

「僕もこの防具みたいにお守りしたい」

防具に触れてつぶやくと、傍にかけてあったベルトに気づいた。剣を腰に装着するためのものだ。革に直接刺繍はできないだろうか。いや、分厚すぎる。では、刺繍をした布を革のどこかに縫いつけるのはどうだろうか。

見えないように、裏側に。それならきっと可能だ。

フィンはベルトを手に取って衣装部屋を出た。グレンの視線がベルトに向く。なぜそんなものを……、と言いたげだ。

「こちらをお借りします！」

返事を聞く前に自分の部屋に戻り、さっそく仕事をはじめることにした。ガブリエラを呼んで自分が出てくるまで誰も部屋に入らないよう、お願いする。何日かかるかわからないと言うと、心配そうな顔をされた。

「でも大丈夫でしょうか。少しくらい……」

「いいんです。食事も水も必要ありません。心配かもしれないけど、絶対に扉を開けないでください」

「承知しました。そうおっしゃるなら言いつけは守ります」

不安そうにしているが、必ず無事に仕事を終えると約束する。

鍵をかけ、作業台につく。深呼吸をし、口から糸を出した。これから使うのは『失われた技術』だ。

思いだされるのは、初めてフィンがその技術を使った時のことだ。

その頃、フィンは覚えたばかりの刺繍が楽しくて、次々といろいろな布に心に浮かんだ模様を入れていった。そんなフィンに両親は目を細めて笑うばかりで、存分に好きにさせてもらった。しかしある日、いつもと様子が違うことに両親は気づいた。

取り憑かれたように手を動かし、両親が声をかけても返事すらできないほど没頭している。声どころか肩に手をかけてもやめなかった。しかも、フィンにはその記憶がない。

覚えているのは、刺繍が完成した瞬間だった。

——ああ、フィン。あなたにも能力があるのね。

フィンは、顔色を変えた母を見て何か悪いことをしたのかと悲しくなった。だが、母はすぐに気を取り直したように笑顔を見せてくれる。

——ごめんなさい、びっくりしちゃって。いいのよ、あなたは悪くないの。それは『失われた技術』といってね、生まれながらに備わった力よ。魔方陣のような力が宿るの。でも、決して気軽に使ってはいけないわ。

どうして、と聞くフィンに、母は言葉を尽くして説明してくれた。その時だ。母が蜘蛛の怪物（アラクネル）で、人間である父とは違う種族だと知ったのは。

人間でない時の姿は知っていたし、そんなものだと思っていた。母親がふたつの姿を持ち父はひとつの姿しかないのは、自分の両親だけでないのだと。

人々から離れて暮らすフィンには、それを疑う機会など一瞬たりともなかった。

さらに、この国で起きた分断の歴史を聞かされた。長い長い話だった。悲しい話だったが、だからこそ二人が愛し合った結果自分が生まれたとわかり、誇らしくすらある。

——でも、これだけは覚えていてちょうだい。わたしたちを理解しない人もいるの。そして、この能力を利用しようとする人もいる。

謁見の間に飾られていたタペストリーにも『失われた技術』が使われていた。完成させるには、蜘蛛の怪物が入れ替わり立ち替わり作業をしなければならないだろう。人間と怪物が共存の道を捨てた今、二度と手に入らない貴重な宝となっている。

だからこそ、平穏な日々を守るにはその能力を隠しとおすことが必要なのだ。

「ごめんなさい。父様、母様」

約束を破ることになるとわかっていたが、自分を抑えられなかった。本能に近い衝動と言ってもよかった。

大事に想う人のために『失われた技術』を使って刺繍をする。

馬が草を食むように。肉食獣が獲物を狩るように。誰にとめられるものではないと、どこかで感じている。観念している。

フィンは作業に没頭した。

どうか、グレン王子を護ってください。

自ら死へ向かおうとしているような王子に、安らぎを与えたかった。ここにあなたの無事を祈る者がいますと、心を籠める。あなたが無事にお戻りになるよう、いつでも祈っていますと。

刺繍をしている間、水も食べものも口にしない。それも刺繍が力を宿すための条件でもあった。神聖な儀式と言ってもいい。初めて『失われた技術』を使った時も、取り憑かれたように刺繍したため、何も口にしなかったという。

本当にそうなのかもしれない。刺繍が持つ魔力のようなものに支配されているから、これほど一心に手を動かすことが可能なのだろう。

これは頭で考えたものではなく、湧きあがる気持ちが紡ぐものだ。

静かだった。奥深い静けさだった。自分の躰(からだ)に浮かんだ模様が視界に入っても気にならない。翡翠(ひすい)色のラインはフィンを導くようにいっそう濃くなり、集中力を高めた。いくらでも刺繍できた。いくらでも。

どうか、グレン王子を護ってください。

何度も繰り返し、何度も願う。

糸を出す舌の根が痛くなってきた。刺繍は小さなものだが、複雑極まりなく、立体的でもあるためなかなか作業は進まない。それでも手はとまらなかった。舌で糸を紡ぎだしながら、自分の想いを籠めていく。

どうか、グレン王子を護ってください。死から王子を護ってください。

ひと針ひと針、フィンの想いは深まるばかりだった。

その頃、アン女王の部屋では秘密の会話が交わされていた。人払いをしているからか、静けさは躰をも浸食しそうだ。体温が奪われるような冷気が漂っている。

「ルーヴェン、なぜグレンは森から戻ってきた？」

女王は震える手で頭を抱えた。肘掛椅子に座り、深く項垂れている。

魔物が棲む森にグレンが入ったと聞いた時は、これで長年自分を煩わせていた懸念が払拭できると胸を撫で下ろした。この時をどれほど待ちわびただろうと。

しかし、それは一転して女王を絶望の淵に落とすことになる。

グレンが戻ってきたと報告を受けた時、全身から力が抜け、途方に暮れた。得体の知れないものの笑い声が聞こえるようだった。希望を与え、絶望に変える。自分はその罠にかかったのだと思えて仕方がなかった。

やはりあの子は、わたしを滅ぼす存在なのだと。

「なぜだ。エセルバートは森には入らなかったのだろう？　もしや、危険を冒してグレンを助け出したのではあるまいな？　そんなことは許さんと言ったはずだ」

「当然でございます、女王陛下。エセルバート様に危険が及ばぬよう、わたくしめが護衛をこっそりつけておりました。一歩も森へは入っておりません」

「ではなぜ？」

大臣は首を横に振るだけで、女王の望むはっきりとした答えは得られなかった。ただ、ひとつだけ気になる話があるという。

「いったん城に戻った際、同行した針子を一人置いていったようです」

「針子をか？　針子が捜索に同行していたのか？　なぜだ」

「グレン王子を心配してのことだそうで、本人が同行したいと。エセルバート様の判断で連れていかれたようです」

「その針子がグレンを助け出したというのか？」

「いえ、まだ十八のひ弱な針子です。とても王子を護れるとは思えません。やはり、王子自ら森を出てきたのだと思います」

　女王は険しい顔で窓の外を眺めた。広がる闇はどこまでも続いているようで、それは自分の前に立ちはだかる暗黒のようにも思えた。

　国を護らなければならないのに。民を護らなければならないのに。

　自分が犯した不貞の罪が、国を滅ぼす存在へと成長して牙を剝くかもしれない。それなら、我が子であってもこの手で……、と考えるのは女王としての責任だ。

「恐ろしい。わたしはあの子が恐ろしい。いつかあの子が、他の王子たちを……この国を破滅に向かわせるのではと思うと……」

「女王陛下」

「針子の名は？」

「フィンと。それはそれはいい腕を持っております。グレン王子の針子にしておくのはもったいないくらいに」

女王はフィンの行動にも気をつけるよう命令した。もし、グレンの味方なら、いずれ自分たちを滅ぼす存在になり得ると考えた。そして、縋（すが）る気持ちでつけ加える。

「占い師を呼べ。グレンがこの国を滅ぼそうとしているのか、もう一度占ってもらう」

幾度となく繰り返した占いは、何度やり直そうが同じだった。グレンは女王にとって破壊の星を持っていると出るだけだ。

いつか変わるのではないか。いつか、自分の犯した罪が許されてグレンが他の子同様、王子の一人としてこの国を背負って立つ人間になるのではという期待を、今も捨てきれずにいる。

「答えが同じなら、あの子からこの国を護らなければ」

「女王陛下。わたくしも全力を尽くします。この身に替えても、女王陛下や王子、我々の国をお護りします」

「そなたの言葉、ありがたく思うぞ、ルーヴェン」

女王がさがるよう言うと、大臣は片膝（かたひざ）をついたまま深々と頭をさげた。

『失われた技術』を用いた刺繍が完成したのは、部屋に籠もって三日が経ってからだった。その間、飲まず喰わずでいたせいか、疲労困憊したフィンは仕事部屋から出るなり床に倒れ込んだ。揺り動かされても起きなかったという。

目を覚ました時なぜベッドにいたのかと聞いたが、曖昧な返事しか貰えず、ガブリエラのどこか嬉しそうな、恥ずかしそうな顔が印象的だった。まさかあの細腕で自分をベッドまで運んだのかと思ったが、あえて追及はしない。

「心配しました。本当に、あんな姿を見たらびっくりしてしまいます」

「すみません。でも、いい仕事ができました」

仕上がった刺繍の入ったベルトはグレンが持っていったと聞き、ますます嬉しくなった。自分から取りにきたのだろうか。たまたま部屋に寄ったついでだろうか。

どちらにしろ身につけてくれるなら嬉しい。

「お腹に優しいものにしました。これなら空っぽのお腹でも受けつけると思います」

いい匂いを漂わせるそれに、フィンはテーブルについて食事をはじめた。ガブリエラが用意したスープの美味しいことと言ったら。

「なんて優しい味なんでしょうか。具も柔らかく煮込んであって、生き返るようです」

「それはよかったです」

「躰の隅々まで力が行き渡る感じで……これは何が入ってるんですか？」

「にんじんやかぶなどのお野菜です。干し肉も少し入ってます。あとはとうもろこしをすりつぶしてなめらかにしたものも」

「ああ、だから甘みがあるんですね。貴重な塩も使って……なんて贅沢なんでしょう」

ゆっくりと味わいながらスープを少しずつ口にする。お腹が半分ほど満たされたところでスプーンを置いた。まだまだ食べたい気持ちはあるが、数日ぶりの食事だ。一度にたくさん食べないほうがいいだろう。

「今、グレン王子はどうされているんでしょう」

「はい。中庭におられます。近々、荷の護衛をされるそうです」

「また護衛を？　危険な目に遭われたばかりだというのに」

「本当に懲りないかた。困った王子です」

まるで母親のような言いかたに、思わず笑った。彼女が心からグレンを案じているのがわかる。同じ気持ちを共有できる人がいることが、フィンは嬉しかった。

その時、ガブリエラがいつまでもニコニコ笑いながら自分を見ているのに気づく。

「あの……なんでしょう。顔に何か……」

「フィン様をベッドに運ばれたのは、グレン王子ですよ」

「え……」

「うふふ」

逃げるように立ち去る彼女を、唖然と見ていることしかできなかった。しばらく呆けたあと、その事実を嚙み締める。

「ベッドまで……運ばせて、しまったって……、そんな……」

頭を抱えた。大臣に聞かれたら、叱られるに違いない。二度とそんなことにならないよう気をつけようと自分に言い聞かせる。

それからもうひと眠りしたあと、フィンは中庭に出た。すでにグレンの姿はなく、王子お気に入りの場所にはいい木陰ができている。

おいで、と言われている気がして、周りを見回したあと腰を下ろした。そこから眺められる景色を少し前までグレンも見ていたと思うと、王子とともにいる気がした。支えなど必要ないと言われるだろうが、せめて寄り添いたい。

また少し躰を休め、部屋に戻る。日は随分傾き、夜の気配が漂いはじめていた。

部屋の前まで来ると、いつもは見ない使用人が複数出入りしている。ガブリエラが戸惑った表情のまま佇んでいた。

「どうかしたんですか？」

「お荷物を……運びだすようにと」

「え？」

使用人たちが手にしているのは、着替えや刺繡道具などフィンの私物だった。一人を引きとめて事情を聞いたが「命令ですので」と冷たく言い放たれただけだった。呆然としていると、グレンが歩いてくるのが見える。

状況を説明しようとすると、承知のうえだとばかりに表情を変えずに言い放たれた。

「お前はクビだ。今すぐここから出ていけ」

あまりに冷たい言葉に、言葉につまる。

なぜ。

ただそれしか浮かばなかった。

なぜ。これはグレンの命令なのか。

「あの……っ、ど、どうしてでしょうか。どうして……っ」

「心配するな。俺がお前をクビにすると言ったら、エセルバートがお前を雇いたいと言いだした。運がいいな、失業せずに済むぞ」

声が出なかった。

二人のやり取りを聞いていたガブリエラが、口を押さえているのが見える。堪えているようだが、泣いているのがわかった。せっかく親しくなれたのに。グレンに仕える仲間、同志、友人となれたのに。

どうして。どうして。どうして。

それ以外言葉は浮かばなかった。その間にも、使用人たちがフィンの部屋から荷物を運びだしている。それを見ていると、自分の中が空っぽになっていくようだった。

グレンを知り、グレンのために刺繍をすることに喜びを感じていただけに、自分を満たしていたものが流れ出してしまう。それはたわわに水を蓄えた湖のようでもあったし、この国に溢れる緑のようでもあった。それらを失うとわかっているのに、何もできない。

少ない持ちものはあっという間に持っていかれた。

「フィン様。荷物は新しい部屋へお運びしました。どうぞこちらへ」

使用人に声をかけられ、呆然としていたフィンは一度だけガブリエラをふり返り、促されるまま新しい自分の部屋へと向かう。すると、エセルバートの針子たちがフィンはどんな奴なのかと興味深げに見に集まっていた。その中から飛びだしたのはノアだ。

「フィン！　昇格おめでとう！　俺と同じエセルバート王子の針子になれたんだよ！」

ノアは一度抱きついたものの、反応の悪さにすぐに気づいて顔を覗き込んでくる。

「どうしたんだい？　嬉しくないの？」

「それは……」

「目標だったんだろ？　俺もフィンがいてくれると嬉しいよ」

急激な変化に心がついていかなかった。いや、変化にだろうか。なぜこれほど動揺しているのだろうか。

「びっくりして……」

「そうだよね。こんなことはめずらしいよ。それだけ君の腕が認められたって証拠さ。羨ましいけど、俺はフィンが好きだから素直に嬉しい」

「あり、が……とう」

「ほら。ここが君の部屋だよ」

案内されて中に入ると、これまで使っていた部屋よりずっと広かった。以前はひとつだった寝室と居室は別々になっている。それとは別に客室もあった。仕事部屋は持てあますほどの広さで、贅沢な作りだ。本当に昇進したと実感できる。

だが、それが悲しかった。目頭が熱くなり、躰から力が抜けていく。

ここは本当に自分のいるべき場所なのか。本当にここで針子の仕事をするのか。したいのか。

現実味がなく、ただひとつの気持ちが溢れるだけだ。

慣れ親しんだあの部屋に戻りたい。あの部屋で、グレンのために刺繍をしたい。

だが、ノアに声をかけられ、その気持ちをグッと呑み込む。

「あ、なんでも……ないよ」

以前、刺繍をする時の醜い姿をエセルバートに見られ、絶望のあまり糸を吐いてしまったことがある。今ここであの時と同じことになれば、間違いなく正体がばれる。城を追い出される。

いや、首を刎ねられるだろう。何せ女王の嫌う蜘蛛の怪物と人間の間にできた子だ。両親の命にも関わる。

甘ったれた感傷で、二人を危険にさらすわけにはいかない。

込みあげてくるものをなんとか抑え、フィンは新しい自分の部屋を見回した。

「俺たちは腕を競い合ってるんだよ。ワィンと争うのは嫌だけど、でもそうやってお互い刺激し合うから技術もあがっていくんだ」

「そうなんだ。じゃあ、頑張らないと」

ここが、新しい仕事部屋だ。そう自分に言い聞かせる。

それから心が整わないまま、エセルバートの針子としての一日がはじまった。裁断した布を渡され、七日後には完成させて仕立て職人に回すよう言われる。厳しい針子の仕事がフィンに考える時間を与えなかった。

追われるように、ただただ手を動かし続ける。楽しさは感じない。いつまでにと言われると、それだけで心に重圧がかかって上手くやらねばと気負ってしまうのだ。それは刺繍にも表れるらしく、とても自慢できる仕上がりではなかった。これではいけないと思うほど、悪循環に呑み込まれていく。

はじめこそ突然昇格した針子に他の針子たちは自分の地位を脅かすのではと警戒していたようだが、フィンが思いのほか使えないとわかると、彼らを取り巻く茨(いばら)の森に入り込んだような空気は薄れていった。しかし、それでも時折、指に小さなトゲが刺さったままのような、痛みと疼(うず)きが交じった気分になる。

グレンは何をしているのだろう。

ガブリエラは元気だろうか。

時折ふと浮かぶのは、過ぎ去ったもの、失われたものに対する郷愁だ。何よりフィンの心を悲しませているのは、ある思いだった。

グレンの新しい針子はどんな人だろう。

考えただけで、胸がつまって息ができなくなった。苦しくて、耐えられない。たくさんの針を呑み込んだように、チクチクとした痛みが胸に集結する。それは次第に全身に広がっていき、気が遠くなりそうだった。

窓の外を見ると、痩(や)せた月が夜を見渡していた。

また新月の夜がやってくる。今度も無事にやり過ごせるだろう。心配しなければならないことなど、何もないはずだ。それなのに気が沈む。

エセルバートのために刺繍をしなければならないのに、浮かぶのは同じ琥珀(こはく)色の瞳をした、孤独で冷たい、死に急ぐ王子のことばかりだ。

エセルバートの針子になったフィンは、そこで過ごす初めての新月の夜を無事に終え、新しい生活にも慣れていった。懸念していたことは何も起きない。針子は大勢いるが仕事部屋は鍵がかけられるし、フィンの仕事ぶりを覗きに来ようとする針子もいなかった。

　自分の仕事でいっぱいいっぱいなのかもしれない。

「フィン、俺だよ。大丈夫かい？」

　その日。日が沈む頃にフィンの部屋をノアが訪れた。今日もいい刺繍ができなかったと気落ちしていただけに友人の思いやりがありがたいが、浮かべた笑顔はぎこちなかった。

「ノア、どうしたの？」

「それはこっちの台詞だよ。ずっと元気がないね」

　ノアはこれから城を抜け出して酒場に行くという。気晴らしになるからと、誘いに来たのだ。

「酒場なんて」

「何も考えない時間も必要だよ。ずっと沈んでいたら病気になっちゃう」

　気は進まなかったが、グレンに関する噂が聞けるかもしれないと思い、ついていくことにした。近衛兵が巡回する城を抜け出し、日が落ちた街の中をノアと二人で歩く。

「急な環境の変化に心がついていかないことはあるよ。特に第一王子の針子となれば、ライバル意識が強い子たちばかりだからね。きっと疲れてるんだよ。パーッと遊んで、気持ちを切り替えるといいよ」

「うん、そうだね」

路地には笑い声や欲望が立ち籠めていた。石畳が濡れているのは、雨が降ったからだろうか。それがますますこの場所を怪しげに見せている。

「あ、見えてきた。あそこだよ」

ノアが指差す先には、石壁の建物があった。窓から灯りが漏れている。出入り口の看板には、酒瓶の絵が描かれていた。

ドアを潜ると、襲いかかってくるような熱気に圧倒された。

以前、グレンの剣の稽古についていったことがあるが、あの時見たような男たちが大勢いる。がやがやとうるさく、耳に口を近づけないと話ができない。何をしてもすぐにグレンのことを思いだす自分に、ますます気持ちは沈んだ。

ノアに手を引かれてカウンター席に向かい、席に座る。中にいるのは、肉づきのいい中年女性だ。ここの店主だという。

「また来たのかい、針子の坊や。おや、新顔だね。かわいい顔して、こんなところに遊びに来ちゃあ、悪い男に取って喰われるよ」

「こんばんは。ちょっとだけ飲ませて」

ノアは麦酒を二人ぶん頼んだが、フィンは口にしたことがない。樽のような形のカップを出されて恐る恐る口をつけると、苦くて、変な匂いがして、躰が熱くなった。

「な、何これ。これ、本当に飲んでいいの?」

つい思ったままを口にすると、ノアに笑われた。

「もしかして初めて飲むの？」

店主も満面の笑みでフィンをものめずらしそうに見ている。

「なんだい、飲めないのに来たのかい？」

「すみません。あの……紅茶とかないでしょうか？」

「あるわけないだろ。まったく、しょうがない子だねぇ。特別だよ。裏にヤギのミルクがあるから持ってきてやるよ。酒場でこんなもの出したら笑われちまうよ」

そう言いながらも、彼女はフィンのためにわざわざミルクを運んできてくれた。

「美味しいのに」

そう言われてもう一口飲んでみるが、やはり苦いだけで美味しいと思えない。平気な顔で麦酒を飲んでいるノアのほうが信じられなかった。

「はいよ、ミルク。あたしに子供がいてよかったね。うちの子のために新鮮なミルクをと思ってヤギを飼ってるんだ。本来なら水しか出さないところさ」

「すみません。ありがとうございます」

ミルクを口にし、恐る恐る周りを見回した。いかにも荒くれ者といった男たちばかりだが、誰も二人を気にしない。

聞こえてくるのは腕自慢と噂だ。グレンがまた危険な任務に就いたという会話が耳に飛び込んできた。死と隣り合わせの状況だったが、奇跡的に無傷で帰ったという。

──やっぱり地獄から戻った奴は違うな。

──魔物と契約したって噂もあるぞ。

──例の魔物が棲む森からもやすやす戻ったらしいからな。恐ろしい王子だよ。

グレンを知らない男たちは言いたい放題だ。悲しくなる。

「ねぇ、グレン王子が気になるの？」

「え、……う、うん。危険なことばかりされているって聞くから」

視線を手元に落とし、ミルクの表面を眺めた。何も映し出さないそれに、グレンの姿が浮かぶ。

「もしかして、グレン王子が……好きなのかい？」

「え……？」

好き。

それは思いもよらない言葉だった。動揺のあまり、しどろもどろに反論する。

「そんな……っ、僕はただの針子で……あ、相手は……っ、王子、だよ」

「でも、気になるんだろう？」

そうだ。気になる。

それだけじゃない。会いたかった。会って、今何をしているか知りたい。危険に身を置いているのか。今も孤独なのか。そして、寄り添いたかった。孤独な王子の心に寄り添って、その力になりたい。自分のすべてを捧げたい。

そうか。これは恋なのだ。

「どうしてあんな恐ろしい王子を……」

「おっ、恐ろしくなんかなっ……い……、よ」

思わず立ちあがって反論してしまい、自分のことながらその勢いに驚いて、ゆっくりと尻をもとに戻す。頬が熱くなった。

「なんだ、フィンって案外情熱的。いろんな噂があるのにそんなの関係ないんだ？　そんなに一途に好きになれるなんて、ちょっと羨ましい」

だが、それは許してもらえなかった。拒絶されたも同じだ。独りよがりの想いなど、きっと邪魔なだけだ。迷惑だろう。鬱陶しいと思われるに違いない。

そう考えると、また胸の奥がつまったようになる。

「このところ盗賊がよく現れるんだ。ねぇ、おかみさん。その話誰か知らない？」

ノアがカウンターに身を乗り出すように聞くと、店主は誰かを探すように店を見渡した。

「その話かい。えーっとね、それならあいつが詳しいよ。……ああ、いたいた」

彼女が店の隅で飲んでいる男を呼ぶ。男は酒臭い息を吐いていたが上機嫌で、足をふらつかせながら二人に近づいてきた。ノアを挟んだフィンの反対側に座る。

「聞きたいのは荷の話か？　護衛の仕事はいい金になるから、俺たちの間でも腕利きは仕事したがるんだが、最近は危なくってな」

「どうしてですか？」

「護衛に関わる人間の中に情報を流している奴がいるって噂だ」

「どっ、どうして情報を流すんですかっ？」

「もちろん盗賊から謝礼を貰うためだよ、坊ちゃん」

そんなことをする人間がいるなんて、想像もしていなかった。城で働いている者は、誰もが十分な報酬を得ている。それなのに、なぜ国を裏切るようなことをするのだろう。

思わず疑問を口にすると、男は笑いながら教えてくれた。

「なんだよ、清らかな坊ちゃんだな。人間ってのは欲深いんだよ。もっと欲しい。もっと金持ちになりたい。もっと偉くなりたい。王家に近いからこそ、欲望を膨らませてる連中がたくさんいる」

「そうなんですか」

朝夕二回の食事、その間のおやつ。温かいベッド。それだけでもフィンには贅沢すぎるが、まだ足りないと思う人がいるのだ。それが本当なら、荷を運ぶ仕事は大きな危険を伴う。さらなる富を得るために流された情報は、グレンたちを危険にさらすだろう。

唯一の救いは、身を護るための刺繍を残してきたことだ。危うく死ぬところだった王子が奇跡的に無傷で帰ったのは、刺繍に宿った力のおかげかもしれない。

きっと刺繍が護ってくれる。そう信じて、軽く握った拳を胸に当てて祈る。

ノアが二杯目の麦酒を空にし、フィンがミルクを飲み干す頃、バタン、と扉が乱暴に開いた。

何事かと出入り口を見ると、近衛兵が数人立っている。それまで騒がしかった店内が急に静かになった。

近衛兵の一人が店内をゆっくりと見回す。口ひげを生やした恰幅（かっぷく）のいい男だ。おそらく上官だろう。その傍にいた若い男が、フィンを指差して彼に耳打ちしている。

店内の注目を集めながら、上官らしき男が近づいてきた。針子が夜遊びに出てきたことを咎められるのかと思い、バツが悪くなる。

「お前がフィンだな」

「は、はい」

「女王陛下の命令で、お前を拘束する」

いきなり腕を取られた。罪人のような扱いに戸惑いながらも、抵抗すればさらに状況は悪化すると思い、素直に従った。

「待ってください。エセルバート王子の針子と知ってのことですかっ？」

ノアが慌てて訴えるが、そんなことは承知のうえだとばかりに男は鼻で嗤（わら）う。

「お友達か？　一緒に投獄されたくなければ黙っていろ」

「投獄……」

怯(おび)えるノアの声に、何が起きているのか実感させられた。

罪人として扱われているのだ。

「よくも騙(だま)してくれたな。お前の正体はわかっているんだぞ。この怪物め」

フィン、と自分を呼ぶ不安そうなノアの声がした。近衛兵たちに囲まれているため、ふり返ってもその姿は彼らの向こうに隠れて見えない。あっという間に店から連れだされる。

後ろ手に縛られ、二の腕の位置でも腕ごと躰をグルグルに巻かれて歩かされる。

正体がばれた。

フィンは青ざめたまま、そのことを噛み締めるしかなかった。


「グレン。ちょっといいかい？」

厩舎に仔馬(こうま)の様子を見に来ていたグレンは、声をかけられてふり返った。隣に立った男は柵(さく)に腕をかけ、中を覗いて微笑(ほほえ)ましい親子の姿に目を細めている。

「なんだ、エセルバートか」

数日前に生まれたばかりの仔馬は、母馬の傍で安心しきっていた。躰を寄せ、甘えている。

自分が得られなかった安らぎを別の生きものを通じて覗くことは、グレンにとって慰めになった。

「なんだはひどいな。心配してきたんだぞ。今回の荷の護衛は、かなり危険な状況だったそうじゃないか」

「このとおり無事だよ。第一王子がこんなところにいていいのか？　早く戻れ」

何を言われるかはわかっていた。フィンのことだ。クビにした。クビにして、雇ってやってくれと頼んだ。雇ってくれなくても自分の針子は解任すると半ば脅迫的に迫ったら、快く引き受けてくれた。しかし、何も聞かないままでいるとも思っていない。ここに来たのが遅いくらいだ。

「本当にいいのかい？」

「何がだ？」

「わかってるくせに。フィンのことだよ。僕の針子にしてしまって本当にいいのかい？」

「ああ。いいから頼んだんだ」

「じゃあ、僕がどう扱おうが文句はないんだね？」

意味深な言いかたに、黙ったまま視線だけを向ける。挑発的な態度だった。この兄が、ただ優しいだけの男ではないとわかる瞬間だ。いずれ国を背負って立つ人間は、こうでなくてはならない。

「怒ったかい？」

「どうして俺が怒らなきゃならない？」

「質問に質問で返すのは、当たっているからだろう？」

答えなかった。答えると、保っているものが崩れそうだったからだ。

「フィンはもう僕のものだ。そうだろう、グレン」

「ああ、そうだ。わかったなら帰ってくれ」

「フィンにどんなことをしようかな」

楽しげに想像する姿をわざと見せつけるエセルバートを見て、相手にするなと自分に言い聞かせた。こんな子供じみた挑発を真に受ける気などない。

「あの子はどんなことをされるのが好きかな？　フィンに何をしてもらおうか」

頭ではわかっているのに、苛立ちは大きくなるばかりだった。エセルバートが帰らないなら、自分がここから立ち去るまでだ。無言で歩きだす。

「グレン。お前は知ってるんだろう？　どんなことをしたら悦んだ？」

カッとなり、思わずふり返って胸倉を掴んでいた。勝ち誇ったように笑うエセルバートは、グレンの睨みも通じない。この瞳に怯える男は大勢いるというのに。

「好きにしろ」

収まらない感情を奥歯で噛み殺し、手を離した。

「俺を挑発しても無駄だ」

「人の胸倉を摑んでそういうことを言うのかい？」

「あんたのにやけた顔に苛ついただけだ」

あからさまにため息をついてみせるエセルバートを睨んだ。そんな顔をしても決心は鈍らない。そう決めたのだ。情が湧く前に、いや、情が深まる前に手放したほうがいいこともある。

母馬と同じ青毛の美しい仔馬は、幸せそうにしている。

「まぁ待ってくれ。喧嘩を売りに来たんじゃないんだ」

グレンはもう一度、廏房の中を覗いた。

「その仔馬はどうするんだい？　訓練を受けさせるのかい？」

「話が飛ぶな。特に考えてない。わざわざ闘いの場に出すことはないしな」

「ここで生まれた仔馬は幸せだね。お前がこんなに馬が好きだなんてね」

「別に……好きじゃない」

「そうかな？　お前は自分が好きなものを把握する能力に欠けてるね。救いようがないな」

柔らかな口調だけに、最後の言葉は罵られるよりずっとグレンの心に響いた。

「フィンのことだよ」

何も言えなかった。

口から糸を吐くひ弱な針子。その正体がなんであれ、傍に置いて邪魔にならないと思った相手はフィンがはじめてだ。

小さなつむじ風のようだと思った。竜巻のような威力はなく、嵐のような強大な力で辺りを蹴散らすわけでもない。けれども、一瞬起きるそれは渦を巻きながら傍にある木の葉を巻きあげて景色を少しだけ変える。ほんの少しの変化をもたらす。

だが、あっという間に消えてしまった。いや、自分が自ら消したのだ。

冷め切った心に、時折日だまりのような温かさを感じたことがなかったとは言わない。

「ずっとこの問いに答えてくれなかったね」

「なんだ急に」

「十二の時、家臣を殺したのは本当にお前なのか？」

真剣な顔で聞かれ、鼻で嗤った。答えるつもりはなかった。

「彼が生きているという噂がある」

「信じてるのか。お人好しだな」

一蹴するが、エセルバートは今回ばかりはしつこい。これまで何度も探ってきたが、拒絶すると深く立ち入らなかった。それなのに。

エセルバートを変えたのも、ひ弱な針子だろうか。

「真実を隠したまま、この先も独りで生きていくのか？」

「真実なんてない」

「信用できる家臣に探させている。見つかれば、嘘は通用しないぞ」

「余計なことをするな」

「あの子もそれを望んでる」

グレンは苛立ちを隠せなかった。なぜ放っておいてくれないのか。呪われた弟に味方して、いいことなど何ひとつないのに。

次期国王として国民から信頼を得ているからこそ、彼に迷惑をかけたくなかった。

「俺はいいんだ。俺はこれが楽なんだ」

「楽？　一人でいることが？」

「そうだ」

「ふぅん。そうか。じゃあ、なんでフィンを僕に委ねる時、あんな顔をしたんだい？」

「あんな顔？」

「手放したくないって顔だった。違うか。つらそうな顔？　ううん、違う。何かに耐えてるって顔だった」

「挑発してるのか」

「されてると感じてる？」

口元に浮かべられた微笑に、何が言いたいのだとつめ寄りたくなった。しかし、今度感情を出してしまうととめられそうになく、ぐっと呑み込む。

「フィンはいい子だ。僕のことを好きみたいだし」

「くだらない話をするなら帰れ」

エセルバートは、また微笑を浮かべた。だが、その表情は一転して険しいものになる。視線の先には、片膝をついて頭をさげる男の姿があった。

「どうした？」

エセルバートがいつも傍に置いている家臣だ。おそらく一番信用している者だろう。これでようやく尋問のような会話から解放される。せいせいする。

しかし、そう思ったのも束の間。男から秘密の報告を聞いたエセルバートは、先ほどよりもっと険しい顔をグレンに向けた。

「大変だ。フィンが捕まった。正体がばれたようだ」

「なんだと？」

人間と蜘蛛の怪物の間にできた子。

それはこの国では、死罪に値する。正体を隠して王家の針子になったとあらば、どんな弁明も許されないだろう。

「どうしてばれた？」

「わからない。とにかく、フィンを助けないと」

どんな失敗を犯して正体がばれたのか。それとも失敗などではないのか。

「何があったんだ」

グレンはフィンの姿を思い浮かべた。気がつけば、すぐ傍にいた。他人には踏み込ませない領域に入っていた。

違和感なく、はじめから存在していたというように。グレンになんの負担も与えずに。

女王のところへ向かったグレンは、久しぶりに会う母親を前になんの感情も浮かばなかった。愛情など感じないし、母から感じたこともない。

「針子一人に何をそんなに慌てている、エセルバート」

女王は玉座の肘掛け(ひじか)に悠々と寄りかかり、並んで立つ二人を上から眺めていた。だが、グレンには話しかけようとはしない。いつもそうだ。存在をなかったことにされる。

「フィンが連行されました。なぜ僕の許可もなくそのようなことを」

「女王のわたしがそう命令したからだ。お前の許可が必要なのか？」

「フィンは僕の針子です」

自分の針子だと主張するエセルバートに、グレンは嫉妬(しっと)にも似た思いを抱いた。

先ほどの挑発よりも、さりげなく口にされた今の言葉のほうが、ずっとグレンを苛立たせる。

ぬかるみに足を取られた時のように。茨の茂みに行く手を阻まれた時のように。

僕の針子。

自分を気遣ってくれるたった一人の兄がフィンをそう呼ぶよう仕向けたのは、他ならぬ自分なのに。なぜ、これほど心が掻き乱されるのだろう。

「もとはグレンの針子として城に忍び込んだらしいな。なぁ、グレン」

「何が言いたい？」

「またお前は！　母に向かってそのような口の利きかたをする！」

「はっきり言ってほしいだけだ」

女王はしらじらしいとばかりに横を向いて笑った。美しく整った指で下唇をなぞり、遠くを見ながら試すように言う。

「嘘はあるまいな？」

「嘘という根拠は？」

グレンの問いに、彼女は面白いとばかりにルーヴェンに向かって「例のものを」と言った。

彼が持ってきたのは、グレンが闘いの場で身につけている剣を挿すベルトだ。

「これはお前のだろう？」

そうだ、と視線で答えた。すると、女王は勝ち誇ったように高笑いする。

「ははははは！　顔色ひとつ変えずに認めるとはさすがだな！」

「どういうことです？　説明してください！」

「エセルバート。グレンを気遣う優しい第一王子よ。まんまと騙されたな。お前は優しすぎるのだ。我が子ですら疑わなければならぬのが、この国を背負って立つ者の使命でもあるのだぞ」

女王は玉座からゆっくりと立ちあがった。その仕草からは、国を治める者の堂々とした気風が感じられた。亡き王の代わりに国の頂点に立ってきた女の、誇りのようでもある。

「のう、グレン。お前は自分の針子をエセルバートに近づけて、何をしようとしていたのだ？　これを見るがよい」

それを手渡されたエセルバートは、顔色を変えた。

「この刺繍は……」

「『失われた技術』だ。この刺繍ができるのが誰なのか、知っておろう？」

グレンも何も言えなかった。蜘蛛の怪物にだけ備わった能力。それをフィンも持っていたのだ。そして、その技術を使った。なぜ。

女王は二人に背を向け、玉座の後ろに飾ってあるタペストリーの前まで歩いた。そして愛でるように両手でそっと触れ、額を寄せて祈るように言う。

「これは我が国に伝わる宝でもあり、歴史でもある」

タペストリーには複雑な刺繍が施されていた。国の繁栄を願い、作られたものだ。立体的な刺繍は、芸術品としても極めて貴重だ。魔力を宿すとも言われているそれは、今もなおこの国を護っていると信じられている。

「ここには恵みの力が籠められている。繁栄のための刺繍だ。だがな、逆の力を持つ刺繍も存在している。破滅を招く刺繍とやらがな」

女王はふり返り、グレンの前まで歩いてきた。

「なぁ、グレン。もとはお前の針子だったのだろう？　なぜクビにした。なぜクビにしてエセルバートの針子にした？」

何も言えなかった。すべて偶然だと訴えても、疑い深い女王を納得させられるとは思っていない。

「お言葉ですが、針子を採用するのはグレンではありません。それに、その腕を見込んでいずれ配置換えを行うと大臣も口にしていました」

女王の隣にいつもいるルーヴェンの名を出すと、彼は心外だとばかりエセルバートの前に出て片膝をつく。

「確かにそう考えておりました。ですが、あくまでもただの針子だと思っていたからでございます。王子、よもやわたくしめを疑っておられるのではありますまい」

震える声は怒りの表れだった。侮辱と取ったのかもしれない。

「すまない、大臣。そういうつもりはなかった。フィンがグレンと企んで何かしようとしていたとは思えないと言いたかったんだよ」

「わからぬぞ。奴らは油断ならぬ存在だ。人間には気づかれぬよう、この国に破滅をもたらす模様を隠しているかもしれぬ」

「違う！　あいつはそんなことはしない！」

「グレン、何をそんなに必死になっておる？」

ひとたび疑いを持った女王には、どんな言葉も通じなかった。たとえフィンが何も企んでいなくとも、正体を隠して王家の針子になった事実がすでに罪なのだ。

「のう、グレン。答えろ。そなたは母を憎んでいるのだろう？　あの針子を使って何をしようとしていたのだ？」

「俺は何も知らない」

「では、ベルトの刺繍はあの針子が独断でやったのだな？」

そうとしか答えようがなく、だが、口にするとフィン一人が罪を被ることは目に見えていて、何も言えなかった。頭の中にあるのは、疑問ばかりだ。

なぜ刺繍をしたのだ。彼はエセルバートに恋をしているはずだ。彼のために刺繍をしたかったはずだ。それなのに、正体がばれる危険を冒してこの刺繍を自分のために縫いつけたというのか。

なぜ、そんなことを。

なぜ。

自分の命などなんの価値もないというのに。実の母にさえ疎まれているのに。国を滅ぼす存在になり得るかもしれないのに。

何度自問しても頭に浮かぶのは、フィンのまっすぐな視線ばかりだ。

いつも懸命で、どんなに突き放してもついてくる。意地悪をしようが、邪険にしようが、グレンを理解しようと喰らいついてくる。

本当は、心地よかった。翡翠色の瞳に見つめられることが。フィンの心が自分に向いていることが。それがたとえ刺繍のためであっても……。

なぜ、気づかなかったのか。いや。気づかないふりをしていたのか。

己の愚かさに対する怒りがグレンから冷静さを失わせていた。

「どうして我々人間は怪物との共存する道を捨てたのでしょう。ずっと疑問に思っておりました。フィンは何も悪いことはしていません」

「何を言いだすのだ、エセルバート。共存などできるものか。亡き王は……っ、お前の父は、実の弟が蜘蛛の怪物に喰い殺されたのを悲しむあまり、病となって命を落としたのだぞ。それでも共存などと生温(なまぬる)いことが言えるのか！」

さすがのエセルバートも反論できないらしく、難しい顔で黙り込む。

「あれは蜘蛛の怪物なのか？　生き残りなのか？」

「そのことですが、女王。実は……」

エセルバートの声に決意が宿った。フィンの正体を知っていたと言うつもりだ。そんなことはさせられない。

「――半々だよ」

遮るように強い口調で言い、女王を挑発的に睨んだ。彼女の瞳に一瞬浮かんだのは恐怖だった。十二の頃に生きて戻ってきたグレンを見た時と同じだ。

殺されるかもしれない。

得体のしれないものを見る目は憐れで、惨めで、心が冷めていく。信頼する力を失ったそれは、どこまでもグレンを無感動にさせた。

「あいつは人間と蜘蛛の怪物の間にできた子だ。そのことは俺しか知らない」

何を言いだすのだと驚くエセルバートを視線で黙らせる。

「そなた、とうとう正体を現したな。なぜ母を苦しめる？」

「あんたが憎いからだよ」

大臣が何か叫んだのが意識の隅で聞こえた。

もういい。自分が母に疎まれているかどうかなんて、そんなことはどうでもいい。大事なのは、フィンが自分の正体がばれるのを覚悟で『失われた技術』を使ったことだ。自分にとって、何が、誰が大切なのかだ。

近衛兵が現れて取り囲まれた。一瞬の隙をつき、近衛兵の一人から剣を奪って構える。

「グレン、やめるんだ！」

エセルバートの声が聞こえたが、気にしなかった。

「俺を捕まえられるのか？」

睨むと、近衛兵らは怯んだ。日頃から王子を王子とも思わぬ荒くれ者と剣を交え、荷の警護で鍛えてきたグレンと、訓練は積んでいても本当の危険とは縁遠い者たちとの差は歴然だ。足が竦んで尻餅をつく者すらいる。

「何をしている！　グレンを捕らえろ！」

城中に響くほどの声で自分を葬ろうとする母の声を聞きながら、これからどう動くか考えた。

フィンが囚われた牢獄へ向かい、救出し、この国から逃がす。

『フィンは僕の針子です』

つい先ほど放たれた兄の言葉を思いだし、グレンは腹の底から噛み締めるように言った。

「違う、俺の針子だ」


罪人として投獄された。

フィンはその事実を噛み締めていた。

頭から麻袋を被せられ、拘束具で両手を後ろに固定されて地下牢に閉じ込められている。罪を犯した者は、忌まわしい存在として顔を隠されるのがこの国の決まりだからだ。話すこともできない。死刑執行までの間、このまま過ごさなければならない。

そんな扱いが、フィンをよりいっそう打ちのめしていた。

国を裏切るつもりなどないのに、穢(けが)らわしい存在、忌むべき存在と言われている。

どのくらいが経ったのか、晴れているか雨が降っているかもわからなかった。外の物音が何ひとつ聞こえないこの場所にいると、冥界(めいかい)に突き落とされたような気持ちになった。

このままここで朽ち果てていくのではないかという恐怖すら湧きあがる。

「誰か……助けて……」

震える声で無意識につぶやいたが、思い浮かぶのはグレンの姿だ。王子に助けを求めていい立場ではないのに、なぜその姿を思い浮かべてしまうのだろう。涙が零(こぼ)れた。

静かすぎて、どうにかなりそうだった。だが、微(かす)かに物音が聞こえる。

「誰っ？」

たったそれだけでも、フィンにとっては砂漠をさまよう旅人にとってのひとすくいの水と同じだった。渇いた喉(のど)を、躰を、細胞を潤してくれる。

それが自分を処刑台に連れていく死刑執行人の足音だとしても。

ゴトン、と閂が外され、扉が開いた。誰の気配なのか耳を澄ませるが、声は発しない。ガチャガチャと鍵を開ける音がした。錆びついた鉄格子の扉がギィと鳴く。

「出ろ」

フィンは震える足で立ちあがった。腕を摑まれて牢屋から出される。これから処刑されるのだ。女王の前で。グレンの前で。

恐怖で胸が痛いくらいドクドクと鳴った。汗が滲み、喉も渇く。

けれども様子が違った。フィンを牢屋から連れだした男は、別の男と合流するなりコソコソと話をはじめる。女王の命令なら堂々としているはずだが。誰にも気づかれないよう、隠れるように行動している。

馬車に乗せられた。石畳を歩く馬の蹄の音がし、自分は城壁の外へ連れだされると確信した。だが、この男たちが味方とも思えない。

どのくらい経っただろう。馬車はしばらく悪路をとおり、再び石畳の音に変わった。馬がブルッ、と鼻を鳴らし馬車が停まる。

「こっちだ」

「あなたたちは、なんなんです？　……っく」

乱暴に引きずり下ろされて無理やり歩かされた。階段があるのも知らされず、段差に躓いてしたたかに膝を打ちつける。早く立てと足蹴にされ、痛みを堪えながら登った。

右に緩く曲がる階段を二百段ほど上っただろうか。扉が開いた音がし、麻袋を外されて中に突き飛ばされる。

「――っく！」

「今日からここがお前の部屋だ」

見たこともない、円形の部屋だった。床も壁もすべて石でできており、窓には鉄格子がついている。おそらくどこかの塔だろう。

椅子とテーブルが一組あるだけで、扉は今入ってきたところにしかない。

「ここで刺繡をしてもらう」

そう言った男は酒場にいる男たちのような服を着ていた。身につけているのは絹ではなく、綿のズボンと上着だ。樽のような腹にベルトを巻いている。ブーツは使い込んでいるらしく、随分と汚れていた。

「王家に受け継がれるタペストリーを知っているだろう。国を統べる力を持った刺繡だ。王家の紋章も入っている。あれと同じものを、いや、あれ以上のものを作ってもらう」

「無理です。あんな大きな作品を一人でなんて……無理です！」

フィンは『失われた技術』を使う時は、食事どころか水さえも口にしてはいけないのだと訴えた。複雑なあまり一日にできるのはほんのわずかで、タペストリーひとつ作るのに、どれほどの手が必要だったのかも。

「じゃあ飲まず喰わずでやるんだな」

「そんな……っ」

「お前の母親も今探している。母親のほうは純粋な怪物らしいな。だったらお前よりずっと早く刺繍ができるだろう」

「誰の命令ですかっ」

男は答えなかったが、再びドアが開いて一人の人物が入ってくる。靴先が見えた瞬間、地位のある者だとすぐにわかった。

恐る恐る視線をつま先から上へ移動させる。

「ルーヴェン様……っ」

いつも女王の傍にいる大臣を見たフィンは、驚きのあまり彼を凝視することしかできなかった。まさか、こんな近くに裏切り者がいるとは。

「いい腕を持っていると思っていたが、まさかお前に蜘蛛の怪物の血が流れているとはな」

大臣という地位にもつき、国政にも深く関わり、いい生活をしている彼がなぜ……、と思うが、酒場で聞いた話を思いだした。荒くれ者たちがフィンに教えてくれたのは、人間の欲深さだ。

「もしかして、荷の情報を盗賊に流してたのも……」

「ほう、世間知らずの子供かと思ったが、そんなことも知っているのか。それならなおさら、わたしが目的を達成するまでここから出すわけにはいかんな」

「なんて恥知らずな！　グレン王子が荷の護衛をしていることもご存じですよね！」

　怒りに声を荒らげるが、ルーヴェンは歯牙にもかけない態度で男に「縄を解いてやれ」と顎をしゃくる。

「グレン王子はすでに追われる身となった。お前の正体を知っていたと認めたからな。今は姿を晦ましているが、いずれ奴も捕まるだろう」

「そんな……っ」

「まずはあの油断ならない王子からだ。奴を始末し、次は……そうだな。お前を自分の針子にしたエセルバート王子を葬ってやろう。そうなれば女王はわたしをこれまで以上に頼るはずだ。その時に『失われた技術』が役に立つ」

「王家を滅ぼすために力を使えと言うんですかっ」

「偽の刺繍をしても無駄だぞ。長い間『失われた技術』を研究してきたから見分けることはできる。まさか、蜘蛛の怪物の生き残りと出会えるとは思っていなかったが」

　なんて強欲なのだろう。盗賊に情報を流して見返りを得るだけでなく、女王に取り入ってその座を奪おうと狙っていた。十分な富を得ながら、さらなる欲に取り憑かれている。

「早く仕事をはじめろ」

「嫌です。あなたのために刺繍なんてしません！」

きっぱりと言うが、ルーヴェンは不敵に笑い、フィンをしばらく見下ろしたあといきなり目の前まで来て腕を払う。

「――ぐ……っ」

手の甲で顔を殴られ、口の中に血の味が広がった。ポタポタ……ッ、と赤い点が床に散らばる。それが自分の血だと気づくのに、少しだけ時間が必要だった。痛みを感じる余裕はない。あるのは熱だけだ。

「それとも、二度と刺繍ができないように指を折ってやろうか？」

「ぁ……っ！」

手を踏みつけられ、グッと体重を乗せられた。指の関節が砕けそうだ。

「痛ぅ……っ、……っく、やめて、くださ……っ」

「やめてほしくば、言うことを聞くんだな」

「わ、わかりました。血を……拭かせてください。汚れます」

大臣は桶に水を汲んでくるよう後ろの男に命令すると、フィンの手から足を退けた。

立ちあがり、作業台につく。目の前には無地のタペストリーが広げられていた。王家に伝わるものよりずっと大判だ。これに、力と富と繁栄を願う刺繍を入れろというのだ。最後にルーヴェンの紋章を入れて。

「イイ子だ。そうやっておとなしくしていれば、痛い目には遭わないで済む」

その日から、フィンは刺繍を強いられた。さすがに死なれては困ると思ったのか、三日の断食のあと一日食事を摂って休養を取らされる。従順に刺繍をするフィンにルーヴェンは満足そうだった。だが、ただ従っているわけではない。

彼は知らないが、新月の夜になればフィンは小さな蜘蛛になる。鉄格子の間からすり抜けて外に出られる。大臣の企みを王家の人に、グレンに伝えることができる。

次の新月まではまだあるが、刺繍をしながらフィンはその夜を根気強く待っていた。

日に日に大きくなる月を夜ごと眺めながら、それが満たされ、のちに痩せ細っていくのを待ち望む。そうしているうちに、フィンはあることに気づいた。

塔の周りは森が広がっているが、その向こうに尖（とが）った屋根のようなものがほんのわずかに見えた。やぐらの先か何かだ。城、または別荘がある。城からここまでは馬車だったが、時間から推測すると国外へは出ていないはずだ。

希望が湧いた。ただ新月の夜を待つだけでは足りない。もっと何かしなければ。こうしている間にも大臣は他にも王家を裏切る企みを実行に移しているかもしれない。

そこでフィンは、食事の時にパンをこっそりポケットに忍ばせた。それを鉄格子の間にちぎって置く。すると、軽やかな羽ばたきとともに鳥が集まってきた。

「おいで」

背伸びをし、鉄格子の間から手を伸ばして鳥を呼ぶ。怖がらせないよう、優しく声をかけた。手からパンを食べ、そっと撫でてやると警戒心はすぐに薄れた。

「お願いだから、城のほうへ向かって飛んで。グレン王子に僕の居場所を伝えて」

口から出した糸を鳥の脚につけ、そう祈る。

グレンが森に迷い込んだ時と同じだ。迷路のような森から出られたのは、糸を辿って歩いたからだ。道しるべとなる糸をグレンが見つければ、来てくれるかもしれない。

あの鳥たちが城に向かうとは限らない。まったく別の場所に飛んでいくことも十分考えられた。グレンが城壁内にいる保証もない。けれども可能性はある。希望がある。

何度も見張りの目を盗み、パンの欠片で小鳥を呼び寄せて小さな羽ばたきに希望を託した。糸が躰に絡まって死んでしまわないよう、すぐに取れるよう気遣いながら。

外れたっていい。たった一羽、この中から奇跡的に城のほうまで糸を運んでくれればいいのだ。確実なんて望んでいない。

どちらにしろ、新月の夜が来れば逃げられるのだから……。

フィンがいなくなったと知ってから、何日もの時が過ぎていた。

あれからグレンは近衛兵から逃れ、いったん城から離れた。フィンが囚われているのが地下牢だとわかっていたため、厳重に警護されているその場所から連れだすよりも処刑当日を狙ったほうがいいと判断したからだ。

しかし、フィンは忽然と姿を消した。

「どこにいるんだ」

グレンは酒場の二階に身を隠していた。ここは王家の針子たちが城を抜け出して息抜きに来るところだ。噂話が飛び交う場所でもあり、さまざまな情報が入ってくる。

金貨を渡せば、店の主人はいつでもここを使わせてくれる。酒場に集まる噂話も聞けるため以前から時々足を運んでいたが、こんな形で役立つとは。

「グレン様、おられますか？」

扉の向こうから声をかけられ、入れと返事をした。男はエセルバートが秘密裏に何かを行う時に使う人物だ。彼はグレンの前に片膝をついて頭をさげる。

「エセルバート様からの伝言です。女王陛下の命令で近衛兵たちがグレン様を探しておりますゆえ、くれぐれも気をつけるようにと。フィン様の行方はまだ……」

「あいつを連れていったのは、荷の情報を盗賊に流している奴に違いない。そっちで何かわかったことはないのか？」

「申しわけありません。相手は相当に慎重な人物のようで。ですが、フィン様のご両親の保護はすでに完了しております。今はこちらで用意した隠れ家に身を隠していただいております」

グレンは胸を撫で下ろした。エセルバートが一番信頼を置いている家臣がぬかりなくその仕事をやり遂げてくれたおかげで、フィンのことだけを考えていればいい。

「必要なら誰を買収してでもあいつを探してくれ」

「承知しました。エセルバート様も全力を尽くしておられます。今はグレン様の味方になるよりは女王様の傍にいたほうがいいと」

「わかってる。疑ってない」

男は「ではこれで」ともう一度頭をさげて立ちあがった。扉に手をかけ、一度ふり返って部屋を見渡す。

「しかし、このような場所に出入りしておられたとは。王子ともあろうおかたが」

「説教か？　俺にはこういうところがお似合いなんだよ。いいから行け」

はっ、と短く答えた男は、すぐに姿を消した。入れ替わりに部屋に入ってきたのは、この店の主だ。肝の据わった女で、ほとんどのことには動じない。グレンが近衛兵に追われていると聞いても、金貨を渡すとなんの迷いもなく匿（かくま）ってくれた。

「グレン様。何かお食べになりますかね？」

「いい。それより、新しい情報はないのか？」

「さてねぇ。所詮、ここは酒飲みが集まる場所ですよ。グレン様が欲しがるような重要な情報はもうないと思うけどねぇ」

「そうか。盗賊に情報を流してる人物について、手がかりがあればすぐに教えろ」

「わかってますよ。フィンって子が捕まったのはうちの店だけど、あの時来たのが初めてでね。麦酒も飲めなかったよ。あんな純粋そうな子を、よくもまぁ」

「俺が必ず捜し出す」

そう言い、女手ひとつで子供たちを養っている彼女に多めの金貨を渡した。

「すまないね、王子様。おかげであの子たちにお腹いっぱい食べさせられますよ」

彼女が下へ降りていくと、グレンも部屋を出る。

外は晴れ渡っていた。青く澄みきった空に響く鳥の囀りを聞きながら、次に何をすべきか考える。こうしている今も、フィンはどこかで危険に身をさらされているのだ。そう思うと、もどかしくてならない。

フィンを連れていく理由はただひとつ。その能力の利用だろう。だとすれば、フィンの正体を知っている者に限られる。エセルバートは除外していい。女王もだ。この国の最高権力者である彼女が、コソコソさらったりしない。

他に知りうる人物と言えば、王家に近い者だ。

「クソ……」

考えに行きづまり、思わず吐き捨てる。

裏庭ではヤギが飼われていた。三人の子供たちが取り囲んで遊んでいる。一番年嵩（としかさ）の子は、十二歳くらいだろうか。女王の命令で殺されかけた時と同じ年頃だ。ヤギをかわいがる小さな弟と妹の面倒を見ている。

「ねぇねぇ。あれなぁに？」

一番年下らしい男の子が、空を見あげながら両手を掲げた。何をしているのかわからず様子を見ていたが、ハッとして急ぎ足で子供たちに向かった。

「わ、地獄の王子が来た！」

容赦ない言葉に軽く笑みを浮かべ、子供の前に跪（ひざまず）く。

「何を見つけた？」

「うんとね、あれ」

手には何も持っていないが、指差した先の空中でキラリと何かが光った。

「あのね、ほら。光ってる。糸みたい。すごく細くてふわふわ浮かぶの。ちょっとの風であんなに。鳥が運んできたんだよ」

風が吹き、それはふわりと浮かんだ。風に乗ってどこかへ飛んでいきそうだ。

「……あいつの糸だ」

それを確かめるべく、一度店に戻って主からパンを貰ってくると、それを千切って手や肩に乗せた。動かずじっとしていると、鳥たちが集まってくる。

「わ、鳥だ！」

「しっ、静かにしろ。鳥が怖がるからな」

「うん！　わかった。しーっ」

子供たちにもパンを渡し、同じように手や肩や頭に乗せて待つよう言う。くすくすと笑う子供たちの楽しげな気持ちが鳥の警戒心を解いたのか、少しずつ寄ってくる。

だが、どの小鳥にも糸はついていなかった。それでもしばらく待っていると、今度は真ん中の女の子が空を見あげながら嬉しそうに声を弾ませる。

「あ。また光った」

一羽の鳥がそれを運んできた。ゆっくりとパンを載せた手のひらを掲げると、腕にとまる。目を凝らすと糸は足にくっついていた。しかし絡まることはなく、簡単に外れる。

「やっぱりあいつが……」

それは目に見えないくらい細く、しなやかで強靱(きょうじん)な糸だった。

グレンは魔物が棲むと噂の森からフィンに救い出された時のことを思いだしていた。あの時、フィンの吐く糸のおかげで迷路のような森を抜け出せた。

これは、道しるべだ。フィンへと導いてくれる。

グレンは糸を手にすると、すぐに馬に乗ってそれを辿りはじめた。

それはふわふわと空中を漂いながら浮かんでいる。城壁を出て桑畑をとおり、林を抜けてから別荘の近くも通過した。今来たばかりの道を戻ったりもした。何せ鳥につけていたのだ。餌を探し、気ままに囀りながら飛んできたのだ。まっすぐにフィンまで導いてくれるとは最初から思っていない。

それでも糸は空に浮かんでいて、グレンに「こっちだ」と伝えているようだった。

糸が途切れないよう、グレンは祈った。

導いてくれ。この困難から救い出す鍵となってくれ。俺がどんなに冷たくしても、尽くそうとしてくれたあの針子のところへ連れていってくれ、と……。

5

何日こうしているだろう。

フィンは窓の下に立って外を眺めていた。晴れ渡った空に浮かぶ雲は、先ほどからほとんど姿を変えていない。三日間飲まず喰わずで刺繍をし、一日休みを入れる過酷な日々は、フィンから次第に体力を奪っていった。希望もいつしか色褪せている。

「おいで」

フィンは、隠し持っていたパンをまた千切った。鳥たちもそれを覚え、フィンが窓に近づくと食べに集まる。けれども糸をたぐってここに来る者はまだいない。

鳥よ。お願いだから、運んでおくれ。新月までもたないかもしれない。

過酷な日々に、弱気になっていた。時折目眩を覚え、気がつけば刺繍をしながら気を失っていることもある。

その時、部屋の外で物音がして急いで作業台に戻った。扉がガチャリと開く。

「どのくらいできた?」

久しぶりに大臣が姿を現した。フィンの刺繍を見て不満げな表情を見せる。

「まだこの程度か。何日経ったと思っている！」

「これ以上のペースは無理です。『失われた技術』は、普通の刺繍とはまったく違うんです。集中力も必要です。体力が落ちれば……」

「言いわけをするな！」

「――ぐ……っ！」

平手で打たれ、椅子から転がり落ちた。無理を続けたせいか、躰に力が入らずにそのまま床に倒れる。

「休んでいたのはわかってるんだぞ。肌の模様は糸を吐く時に浮かぶのだろう？　集中するほどに色が濃くなるようだな。見てみろ、今の自分を」

両腕を見ると、模様はほとんど消えていた。この特徴からは逃れられない。常に監視されているのと同じだ。

「もう……少し、休ませて、ください」

「何を生温いことを。生かしてやってるだけでもありがたいと思え。蜘蛛の怪物の血が流れているお前は、本来処刑される身なのだぞ？」

理不尽な言いぶんに反論したいのを堪え、立ちあがって作業台につく。大臣は満足げにフィンの仕事ぶりを背後から眺めた。

「ふん、おとなしく言うことを聞けばいいのだ。一日も早く刺繍を仕上げられるよう努力しろ。

それがお前の生き残れるただひとつの道だ」

コツ、コツ、と大臣の足音が背後を行ったり来たりしていた。

早くしろ。仕事をしろ。休むな。手を動かせ。

重圧に息がつまるようだった。それでもなんとか集中を欠かさないよう目の前の作業に没頭する。肌に浮かんだ模様も少しずつ濃くなってきた。

だが、ふと大臣の足音がとまっているのに気づく。

ふり返ると、大臣は黙って床を見ていた。ギクリとする。散らばっていたのは、パン屑だ。鳥を呼び寄せるために、いつもポケットに忍ばせていた。殴られて倒れた時に零れ落ちたのだろう。

ドクン、ドクン、と胸が鳴った。

ただのパン屑だ。食べた時に落としたと思うだろう。何も怯えることはない。行儀の悪い奴だと、さすが農民の出だと嫌みのひとつも言って終わるに違いない。

しかし、大臣の視線はパン屑から離れなかった。重要なものを眺める真剣な目つきに、さらに鼓動は大きくなる。

「おい、誰かこいつに食事を与えたか？」

「いえっ、作業の間は飲み喰いはさせないようにしております」

扉の外にいつもいる見張りは、自分のせいではないとばかりに大声で言った。

「じゃあこれはなんだ？　隠し持っていたのか？　コソコソと食べていたのか！」

「……っぐ」

締めあげられ、息がつまる。

「いや、刺繍はしているな。確かにこれは『失われた技術』だ。それとも見た目がそうなだけで、力は宿らないのか？　おい、どうなんだ？　何を隠している！」

「何、も……、ただ、食べた時に……零したんです。こっそり食べようだなんて……」

「嘘をつけ！」

ポケットに手を突っ込まれ、隠し持っていたパンの欠片を目の前に突きつけられた。言いわけなどできない。つめ寄られて言葉を失う。

「これはなんだ？　言ってみろ！」

その時、大臣が窓に気づいた。じっとそちらを眺める横顔を見て、絶望する。

ああ、もう駄目だ。もう終わりだ。鳥につけた糸の反対側は、粘着質の糸で窓の鉄格子に貼りつけているのだ。すぐに見つかる。

大臣はフィンから手を離すと、窓に近づいた。鉄格子の辺りを手で探る。ふり返った大臣の顔には、これまでにない冷酷な笑みが浮かんでいた。

「ほう、なるほど。こういうことだったか」

面白い、と言いたげな表情に背筋が凍った。近づいてくる大臣を、ただじっと見ていることしかできない。

「誰に連絡を取った！」

「――ぐ……っ！」

頰がパン、と鳴った。ここに来て、こんなふうに殴られるのは何度目だろう。終わらない地獄に心がくじけそうだった。けれども、諦めるなと自分に言い聞かせる。

大臣は見張りを呼び、ここを去る準備をするよう命令する。何ひとつ証拠を残さず、別の場所へフィンを連れていくつもりだ。だが、ふと思いたったように、不敵に笑う。

「いや、待てよ」

口元をゆっくりと撫でながら、大臣はフィンを見下ろした。

「お前が呼んだのは、グレン王子だろう？」

答えられなかった。その目に浮かぶ企みの色に怖くなる。

「そうか。処刑されるはずのお前を地下牢から逃がしたのは、グレン王子だったのだな」

「な、何を言うんです！　あなたが僕をここに連れてきたんじゃないですか！」

「いいや、そうじゃない。奴はすでにお前の正体を知っていたと女王に告白している。グレン王子はお前の力を利用して、自分がこの国を支配しようとしているのだな」

大臣が咄嗟に描いた計画を聞いて、フィンは後悔した。糸を使ってグレンに助けを求めたりしなければよかった。

まさか自分のしたことが、その計画を後押しすることになろうとは。

「急げ。女王陛下に報告だ。ここでグレン王子を待ち伏せする」

「はっ」

見張りの男が立ち去る足音を聞き、全身から力が抜けていく。

「わたしがお前を見張る。小細工などできぬようにな」

「ひどい。なぜ、こんなことを……。権力のためですか？　権力なんかのためにっ！」

「農民の出のお前にはわからん。それがどれほどの魅力かをな」

フィンは口を噤み、グレンに願った。

いけない。ここに来てはいけない。

グレンがまた誤解される。罪人を逃がし、『失われた技術』でタペストリーを作らせていたとなれば、国を乗っ取ろうとしていたと見られるだろう。今度こそ、女王の怒りを買ったグレンは処刑されるかもしれない。このままでは大臣の計画は加速するだけだ。

それからはあっという間だった。

大臣から報告を受けた女王により援軍が送り込まれ、グレンを捕らえる準備が整えられる。

フィンが連れてこられたのは今は使われていない牢獄で、切り立った崖の上に立っていた。見張り台のある高い壁で囲われていて、出入り口は正門だけだ。残り三方は崖を登ってこなければならない。侵入はほぼ不可能だろう。

フィンのいる塔は、建物の一角にあった。屋上からしか入れない塔は、独房だろう。重罪人を隔離するにはうってつけの場所だった。

「女王陛下直々にここへおいでになるそうだ。グレン王子の最期だ。しっかり目に焼きつけておけ」

塔から見下ろすと、城のあちらこちらに兵が潜んでいた。女王が到着したという連絡が入ると、両手を縛られ、猿轡を嚙まされて塔から連れだされる。

多くの警護を連れた女王は、建物の屋上に姿を現した。普段来ているドレスではなく戦場に出る姿だ。実際に闘いはしないだろうが、鎖帷子で作られた防護服を身につけ、頭部を保護する黒鋼の冑も被っている。用意された椅子に座る姿は堂々としており、指揮官のような貫禄があった。

多くの兵とともに、グレンを亡き者にしようとしている。

「よく見つけてくれた、大臣。こんなところに潜んでいたとはな。そなたのおかげでグレンの企みもわかった」

「女王陛下。お国のためです。針子はすでに捕らえております。あとはグレン王子が戻ってくるのを待つだけでございます」

「うう……っ、うーっ、うっ、うっ！」

猿轡を嚙まされたフィンはなんとか女王の誤解を解こうとしたが、話すらできない。

「こちらが安全です。必ずやグレン王子を捕らえてみせます」

「頼むぞ。あれもわたしの息子だ。息子の最期を見届けるのも母の役目だ。まさか、あれが国を裏切ろうとは……」

頭を抱えて苦悩する女王を見て、違うと言いたかった。なぜ、自分の息子を信じないのか。なぜ、愛してやれないのか。女王の顔に浮かんだ憂いは、まだどこかにグレンに対する母親の愛情があるからだと思いたい。

「女王陛下！　グレン王子の姿が確認できました！」

フィンは弾かれたようにそちらを見た。身を乗り出したが、腕を掴まれて身動きを封じられる。

「そうか、あれが戻ってきたか」

戻ってきたのではない。助けに来たのだ。

国を裏切った王子に仕立て上げられるのかと思うと、胸が張り裂けそうだった。

多くの兵が潜んでいるとは思えないほど、辺りは静まり返っていた。国を裏切った王子を捕らえようと、兵たちは息を殺している。グレンにそれを伝える手段はないかと考えたが、いい案は浮かばない。階段を駆けあがる足音を聞いているしかなかった。

グレンがとうとう屋上に姿を現した。一心に空を見あげているのは、糸を辿ってきたからだろう。それは今も塔の窓から伸びていて、ふわりと空中に浮かんでいる。太陽の光を反射して時折キラリと光る様子は、この緊張した空気とは裏腹に穏やかだ。

ピィィィー……ッ、と森のほうで鳥が鳴いた。それが合図であるかのように、ザッと足音を立てて一斉に兵たちが姿を見せる。

「グレンよ、ここまでだ！」

女王の第一声は、とても息子に向けるものとは思えないほど厳しかった。

待ち伏せされていたことに気づいたグレンは足をとめたが、もう遅い。闘いに慣れているのに簡単に囲まれた。

「母を裏切るとは！　国を裏切るとはっ！」

「どういうことだ?」

「王子。どうかおとなしく我々に従ってください」

周りを見渡し、合点がいったとばかりにグレンは嗤った。自分の状況を把握している。

「従わないと言ったら?」

「捕らえるしかありません！」

「じゃあ来いよ。俺を捕らえてみろ。なんなら俺から行くぞ！」

「――ぐぁ……っ！」

闘いは突然にはじまった。

グレンは恐ろしく強かった。次々と兵を倒していく。赤子の手をひねるように、いとも簡単に。だが、この闘いを有利に運ぶほどグレンの立場が悪くなるのもわかっていた。

「ううっ、うーっ！」

やめてくれ。フィンは何度もそう訴えた。

次々と兵を倒す姿は、地獄から戻ったと称される王子への恐怖を見る者に植えつける。このままでは本当に悪人に仕立てあげられる。国を滅ぼそうとしていると誤解される。

正体を隠して王家の針子になったのは自分なのに。

「女王、危険です。こちらへ！」

大臣が女王を連れて避難した。フィンも近衛兵(このえへい)に腕を掴まれて一緒に連れていかれる。

違う、この男が黒幕だ。大臣が女王を裏切っているのだ。混乱に乗じて女王を殺すかもしれない。グレンの仕業だという証拠をねつ造して。

そんなことはさせない。

「ううっ！」

フィンは近衛兵に体当たりし、怯(ひる)んだ隙(すき)にその手から逃れた。背後から髪を掴まれるが、それに気づいたグレンが二人の間に割って入る。

「王子！　これ以上罪を重ねるのは……っ！」

すぐ傍に迫られた近衛兵は、睨まれただけで怖じ気づいたらしい。ジリ、と後退りする。

「殺されたくなかったら、そいつを渡せ」

「ひ……っ」

ガチャン、と音がし、近衛兵の手から剣が弾け飛んだ。それはクルクルと回転しながら宙を舞い、足元に落ちる。

「ひとまず逃げるぞ、来い！」

猿轡と手の拘束を外されたフィンは、自分の手を取って走りだすグレンに抵抗した。

「待ってください！　逃げずに誤解を解きましょう。このまま逃げたらますます状況が悪くなるだけです」

「いいから俺と来い！　今は俺たちの話など聞きはしない」

再び腕を取られ、グレンが今登ってきた階段を駆けおりた。下からも兵たちが襲ってくるが、勢いづいた王子に誰も歯が立たない。階段を転げ落ちていく。

「正門はまずい。こっちだ」

いったん建物を出ると、壁に向かって走った。次々と矢が飛んでくる。壁と建物の間は見晴らしがいいため、格好の的だ。しかし、グレンは矢を剣でなぎ払っていく。

なんとか壁に辿りついた。人一人の幅しかない階段を駆けあがり、壁の上まで登る。

兵たちが二人を目指して走ってくるのが見えた。

「糸を出せるか?」

「え?」

「森に馬を放っている。崖下まで降りれば馬を呼んで逃げられる」

二人の重さに耐えられる糸を紡ぐことはできる。ほんの少し時間があれば可能だ。目を見て頷(うなず)くと、グレンは階段の前に立ちはだかり、敵を迎え撃つ準備をする。

「急げ!」

跪(ひざまず)き、糸を吐いて紡いだ。躰に翡翠(ひすい)色の模様が浮かぶ。

その間にも次々と兵が階段を上ってきて、二人を捕らえようとしていた。だが、人一人の幅しかない場所では一対一にならざるを得ず、グレンに有利だった。兵たちは次第に勢いを欠き、ジリジリと後退りをはじめる。

「怯むな! 何をしている!」

ルーヴェンの声がした。見ると、別の階段へ兵が向かっているのが見える。両側から挟み撃ちにされれば、さすがに歯が立たないだろう。

急げ。もうすぐだ。

さらに糸を出して紡いだ。二人を崖下まで下ろす糸だ。二人をこの危機から救ってくれる唯一の手段。

「グレン王子！」

立ちあがって準備ができたと伝えようとした瞬間、反対側から兵が迫ってくるのに気づいた。一瞬だった。

「は、放せっ！」

抵抗したが、いとも簡単に引き摺っていかれる。

「――フィン！」

グレンと目が合った。名前を呼んでくれたのは、初めてではないだろうか。

いったん体勢が崩れると、数で勝る兵たちに形勢が傾いていく。それでも捕まらずにいたが、時間の問題だ。グレンが追いつめられるのを見ているしかない。

階段を引き摺り下ろされ、再び建物の中に入って女王のいる屋上まで連れていかれると、フィンは地面に伏せて懇願した。

「女王陛下！　お願いです、僕の話を聞いてください！」

「黙れ怪物！　グレンとともに我が国を滅ぼそうと目論んでいたのはわかっているのだぞ！ルーヴェン、毒矢を使うよう兵に伝えろ。殺して構わぬとな」

「女王陛下！」

兵たちが毒を塗った矢を放つ。それは弧を描いてグレンへ向かった。剣ではじき返すが、動きが鈍ったのが手に取るようにわかる。掠ったのかもしれない。

「グレン王子っ！」

壁の上は兵でいっぱいになっていた。グレンの抵抗は続いているが、さらに矢が放たれる。射貫かれたように見えた。グラリと躰が傾き、壁の向こう側へと消える。

「仕留めたかっ？」

女王の言葉に、呆然とした。助かるはずがない。毒矢に躰を射貫かれ、あの高さから落ちて生きていられるはずがない。

「死体を確認しろ。見つからなくば、生きているものと見なして捜索を行う」

「嘘、だ……、嘘、だ……っ、グレン、王子……っ、僕を……助けにきたばかりに……っ、どうして……っ！」

「グレンは死んだ。観念しろ。醜い蜘蛛の怪物め」

醜い怪物だと罵られることに、なんの痛みも伴わなかった。あるのは悲しみだけだ。

グレンが死んだ。

その事実に震え、嗚咽を漏らす。気がつけば、全身に翡翠色の模様が浮かんでいた。

「うう……っ、……う……っく！」

エセルバートに躰の模様を見られた時と同じだ。悲しみのあまり糸を吐き、部屋中に張り巡らされたそれに身動きを封じられた。

だが、あの時の比ではない。

口から出た糸は、意志を持っているかのように女王をも取り込む。粘着質の糸は幾重にもなってその中に二人を閉じ込めてしまう。

自分はやはり怪物だ。人間に恐れられて当然なのかもしれない。

「なんだこれは！　誰か……っ、その者を取り押さえよ！」

女王の声が響くが、糸の勢いに誰もが怯んだ。フィン自身も身動きが取れなくなる。

「ひとまず引けぇ！」

大臣の声が聞こえた。願ってもない展開だろう。自分の手を汚さずとも女王を殺すことができるのだ。大臣に手を貸しているのは、他ならぬ自分だ。そう思うと、ますます悲しみが襲ってきて糸を吐いてしまう。

「女王陛下！　必ずやお助けいたします！」

兵たちは退避した。正面の出入り口から大勢が逃げるのが見える。

「そなた、わたしを殺すつもりかっ！」

フィンは首を横に振った。

違う。そんなつもりはない。女王の命を奪うなど、考えたこともない。しかし、グレンを失った悲しみは大きくなるばかりだ。

孤独な王子を孤独のまま死なせてしまった。

寄り添いたいと思っていたのに。

吐きたくなくとも口から溢れる糸は、ますます二人をがんじがらめにした。

グレンが目を覚ました時、辺りは暗くなっていた。

「う……っく」

全身が痛かった。しかも痺れて思うように動けない。自分の状態を確認すると、毒矢が腕を掠めたようだった。傷は熱を持ち、腫れあがっている。躰に刺さっていれば命を落としたかもしれないが、運がよかった。

「こいつのおかげか」

フィンがこっそり施したベルトの裏の刺繍を、そっと指でなぞった。盗賊に襲われた時も、運に恵まれたと感じたことがある。あれほどの数の矢を、毒が塗られた矢を浴びながら、掠めただけで済んだのは刺繍に宿った力に護られているとしか思えない。

しかも、運がいいといえば腕に絡まったフィンの糸だ。それはグレン自ら摑んだのではなく、たまたま引っかかったのだった。

それは落下の衝撃からグレンを護ってくれた。

「くそ……」

こんなところでくたばってたまるかと身を起こした。直後、背後でブルッ、と鼻息が聞こえ、馬の鼻先がグレンをいたわるように肩に触れる。

指笛で呼ぶつもりだったが、もう来ていたとは。

「お前が、傍にいてくれたのか」

馬という生きものはなんて忠実なのだろうと、首に頬を寄せて心からの感謝を送る。だから馬は好きなのだ。心を尽くせば返してくれる。裏切り、私利私欲、疑心暗鬼。そんなものと無縁でいられる。

今はどういう状況なのかと上を見ると、屋上が白いもので覆われていた。

「なんだ、あれは」

目を凝らすと、それが蜘蛛の糸だとわかる。思いだしたのは、フィンが自分を制御できずに糸を吐いた時のことだ。

まさか同じことが起きているというのか。

「あいつが……危ない」

グレンは足元をふらつかせながらも、なんとか馬に跨がった。まだ毒の影響が残っていて、目眩がする。躰を動かせばさらに毒が回るかもしれない。

「お前、薬草の生えている場所がわかるか?」

言葉が通じない相手にそう言い、鬣に顔を埋めるように躰を預ける。まともに動けなかった。この状態ではフィンを助けることもできない。

「……頼む、薬草の……生えてるところに……俺を、運んでくれ」

ブルッ、とまた馬が鼻を鳴らした。わかったと言われた気がする。

馬が歩きだすと、解毒作用のある薬草が生えていないか地面を見ながら、揺られるまま運ばれた。その間、無意識に刺繍を指でなぞる。

力の宿る刺繍よ。頼むから、俺を助けてくれ。俺を導いてくれ。

フィンをあの中から救い出すために……。

琥珀色の瞳が何を映しているのか、いつも気になっていた。

グレンのことが、もっと知りたい。

孤独すぎて、自分が孤独だということにすら気づいていないグレンを、いつからそんなふうに見るようになったのか。

太古の生物が琥珀に閉じ込められているように、その奥に優しさがあると知って以来、その想いはフィンの中に息づいていた。手を差し伸べて触れてみたい。感じてみたい。その中には、きっとグレンの真実が隠されている。

「ぁ……」

気がつくと辺りはすっかり暗くなっており、空には星が輝いていた。悲しみのあまり吐いた糸は、全身を覆って指先すら動かせないほどになっている。また自分を閉じ込めてしまっているのか。女王を巻き込んで。

肌には翡翠色の模様がまだうっすら残っていた。

糸に取り込まれてどのくらいが経っただろう。辺りが静かなのは、夜になっていったん退避したのだろうか。いつまた糸を吐くかわからないのでは、手の出しようがない。

「望みどおり、わたしを殺す気なのだな」

「違い、ます……。女王陛下」

「では、なぜ……このような、ことを……っ」

「制御、できません……っ、グレン王子が……っ」

崖下に落ちていく姿を思いだし、悲しみに暮れるフィンの口からは再び糸が溢れた。

「ぅ……っく、どうして……王子を愛してやらなかったんです？　どうして……っ、信じてやらなかったんです？　あなたを裏切っているのは、ルーヴェン様です。僕を……ここに連れてきたのも……っ」

「嘘をつくな。ルーヴェンがわたしを裏切るなど……っ、──ぅ……っく」

大臣への信頼の半分でも、実の子であるグレンに向けてくれたらいいのに。そうすれば、長年の孤独などありはしなかったのに。

実の母に愛されなかった寂しさがフィンにも迫ってくるようで、胸がつまった。

「グレン、王子が……あまりに……不憫(ふびん)です」

「……よせ、もう泣くな。お前が泣くと糸が……絡まってくる」

肌の模様が再び濃くなり、また糸を吐く。女王の声が途切れ途切れに聞こえるが、どうすることもできなかった。

このままここで死んでいくのかもしれない。

フィンは覚悟をした。

自分が死ねば女王だけは助かる。これ以上糸を吐かなければ、そのうち助けが来るだろう。罪人のまま死ぬのはつらいが、グレンを失った今、そうなっても構わないと思った。

王子を救えなかった結果なら、喜んで受け入れる。

その時、下のほうが再び騒がしくなった。耳を澄ませると、剣と剣がぶつかり合うような音が聞こえてくる。聞き覚えのある声がした。

「グレン、王子……?」

フィンを呼んでいる。何度も、何度も。それが間違いなく王子のものだとわかると、目頭が熱くなる。

生きていた。

グレンが、生きていた。

崖下に落ちたはずの王子が、戻ってきた。

女王もそれに気づいたらしい。観念したように笑う。

「まだ生きておったか。さすがに、地獄から戻った王子だな。わたしを殺しに来るか」

「違います！　グレン王子は女王陛下を殺そうだなんて考えていませんっ」

泣いている場合ではない。ここから抜け出さねばと、腕に絡まる糸をなんとか剝(は)がそうとした。グレンが生きていたという事実が、フィンに勇気を与える。

「フィン！」

固まった糸の層を引き裂きながら登ってきたグレンは、まっすぐにフィンを見ていた。あれほど恐ろしかった琥珀色の瞳が、今は誰より信頼できる。迷いなく向けられるそれを、これほど頼りに感じたことがあっただろうか。

「フィン！　生きてるか？」

「それは……僕の、台詞(せりふ)です……。よかった……っ、生きて……っ」

「今助けるからじっとしていろ。もう糸は吐くなよ」

そう言ってフィンを取り込んだ糸の層を叩(たた)き切る。上半身が自由になると、自分でも絡まった糸の層を剝がしてなんとか脱出した。

「グレン……わたしを殺すなら、殺せ」

数人の足音がし、階段を駆けあがってきた近衛兵が姿を現す。女王を助けに来たのかと思ったが、様子が違った。殺意の宿った目は、グレンだけに注がれている。

「危ない！」

ガシャン、と剣と剣がぶつかり合った。さらに十人ほど兵が現れ、最後に大臣がゆっくりと登ってくる。鎖帷子の防具をつけ、冑を被り、盾を手にしていた。女王よりもいっそうの重装備だ。

「グレン王子。せっかく命が助かったのに、また戻ってこられるとは」

「俺を裏切り者にする気か？」

「ルーヴェン！　そなた何を……っ」

「女王陛下。もうあなたの時代は終わりです。女に政治など向いてないのですよ」

さらに大勢の足音が聞こえてくるが、大臣は階下に向かって叫んだ。

「皆の者引けぇぇぇえええーっ！　女王が人質に取られているっ！　壁の外まで退避しろぉぉーっ！」

兵たちが引きあげていく足音がする。残ったのは、大臣とその息がかかった兵たちだけだ。

女王の顔色が変わった。

「騙(だま)されるな！　裏切り者はルーヴェンだ！　誰か聞こえぬか！」

「残念ですが、あなたのか細い声は届かぬようです。だから女は駄目なのですよ。戦場でも役に立たない。ただのお荷物だ」

「本性を現したか、ルーヴェン」

グレンは手首だけで剣を回転させながら、ゆっくりと移動した。力を抜き、くつろいでいるようにすら見えるが、誰一人かかってくる者はいない。隙がないのだろう。

「ほら来いよ」

手のひらを上にして左腕を前に伸ばし、人差し指を動かして挑発した。それでも膠着状態は続いたままだ。一向に攻撃してくる気配がないとわかると今度は立ちどまり、トントン、と軽い跳躍をした。

「じゃあ俺から行く」

ドン、と空気に圧がかかったように、一気に間合いをつめる。

「ぐぁあ！」

一瞬の出来事だった。

剣が弾かれて宙を回転した。一人目が地面に倒れる。二人目が喉を押さえながら後方に弾き飛ばされた。三人目、四人目が襲ってくるが、それもあっさりと跳ね返す。それをきっかけに全員がグレンに向かってきた。

回転しながら剣を叩き落とし、身を低くし、下から剣を突きあげて顎を砕く。あっという間に六人が脱落した。残り四人。簡単には手を出せずに間合いを取っていたが、グレンの足元がぐらつく。

「まだ毒が残っているようだな。動くほど効いてくるぞ。どうする？　女王を置いて逃げれば、少なくとも二人は助かるぞ」

「逃げろ、グレン。お前を信頼しなかった母の罪だ。あまんじて罰を受ける」

「それこそこいつの思う壺だ。俺たちに女王殺しの罪を着せるつもりだ」

グレンの息があがっていた。息が苦しそうで、剣を足元について躰を支える。ここぞとばかりに兵が襲いかかった。剣と剣がぶつかり合う。力負けした。後ろにさがったグレンにフィンが駆け寄り、支える。

「王子。そろそろ限界ですかな。始末してくれる！」

「フィン、俺から離れるなよ」

頬に手を添えられ、口づけられたかと思うと、舌が口内にぬるりと入ってきた。驚いて目を見開くと、まっすぐに見つめられる。

「わかったな」

フィンは頷いた。

「伏せろっ」

「……っく！」

頭上でぶつかる剣と剣。剣先が視界を横切る。

「次は右だ」

　ギャンッ、とまた鉄が鳴った。弾き飛ばされた剣が、糸の束に突き刺さる。

　繋いだ手を軸に、遠心力を借りて飛ぶように動く。離れ、近づき、固まった糸の柱の影に隠れて飛びだす。地面に伏せてまた走った。

　フィンの躰に翡翠色の模様が浮かびはじめる。

　グレンに誘導されながら動くのは、心地よくすらあった。走っているのではなく、ステップを踏んでいるような不思議な感覚に見舞われる。

　剣と剣がぶつかり合う音がすぐ背後で鳴っても、怖くはなかった。グレンを信じている。自分はただ従っているだけでいい。

　琥珀色の瞳と目が合った。最後の力を振り絞るように、爆発する。

　振り上げられる腕。しなやかだった。引き締まった躰が放つ、気迫と美。草原を駆け抜ける馬の躍動と同じものがそこにはあった。バネのような全身の動きは、どんな苦難も弾き飛ばすだろう。

「どうした、早く殺せ！」

　なかなかグレンを仕留められない焦りからか大臣がそう叫ぶが、兵たちの動きは鈍っていった。その間にも兵は一人、また一人と脱落していく。

　剣先が目の前に迫ったが、火花を散らしながら吹き飛ばされた。

「ぐぁ……っ！」

最後の一人になった瞬間、大臣は意を決したように剣を抜いて女王に近づいた。振りかざされた剣が、青白い月の光を浴びて微かに光ったように見える。

グレンはそれを睨みながら、ゆっくりと剣を下ろした。

「わたしを殺しても、そなたの時代は来ないぞ、ルーヴェン」

「どうですかな、女王陛下。いけすかない女に跪く長年の屈辱を……、――何っ？」

振り下ろされた腕は弾かれ、大臣はその勢いで尻餅をついた。手放した剣が宙に浮かんでいるのを見て、呆然としている。

「終わりだ、ルーヴェン」

「な……何が、起きたのだ？」

大臣は辺りを見回した。そして、糸の存在に気づく。

「こ、これは……っ」

フィンが吐いた糸だった。暗闇に紛れている。

キスはグレンの合図だった。舌で糸の出る穴を刺激されたフィンは、何をしろと言っているのか咄嗟に判断して粘着質の糸を出した。見えないほど細い糸だが、動きながら張り巡らせたそれは、女王を護る防具になっている。

がっくりと項垂れる大臣の前に立ちはだかるグレンだが、戦意が完全に喪失しているのを見て剣をしまう。

「俺の意図がよくわかったな」

「だって、人前であんなことをする人じゃないですから」

フラフラと地面に片膝をつくグレンを支えるのと同時に、階下からも足音が近づいてきた。

さらなる敵かと身構えるが、姿を現したのはエセルバートだ。

「グレン、これは……」

「やっと来たか。遅いんだよ。もう……終わった」

「エセルバート！　すぐに衛生兵を呼んでグレンの治療をしろ、黒幕はルーヴェンだ！」

女王の声が夜空に響くのと同時に、グレンの躰がグラリと揺れた。額に触れると体温が高いのがわかる。

「毒がっ！」

「衛生兵っ、グレンを頼む！」

次々に階段を駆けあがってくる兵たちに大臣は捕らえられ、グレンはすぐさま城へ運ばれた。


城に戻ったグレンが意識を取り戻したのは、二日後だった。

刺繍を強いられた過酷な日々のせいで寝込んでいたフィンは、それをベッドで聞いて胸を撫で下ろした。容態のわからない間は、どれほど気を揉んだだろう。

さらに三日経ち、体調が回復するとエセルバートに呼ばれた。

「気分はどうだい？」

「はい、もう平気です。このたびのこと、本当に感謝しています」

フィンが罪人として捕らえられてから、エセルバートが両親を匿ってくれていたとあとで知った。もし、大臣に捕まっていたらと思うと恐ろしくなる。フィン以上に刺繍の名手である母は、囚われの身となってさらに過酷な状況に置かれただろう。父は邪魔な存在として殺されたかもしれない。

「いいんだ。二人を保護したおかげで黒幕がルーヴェンだとわかった。君の実家を張り込ませていたら、両親を狙ってきた者がいた。彼らを泳がせたから、ルーヴェンとの繋がりがわかったんだよ」

「じゃあ、あの時すでに……」

「黒幕が誰かわかって駆けつけたんだよ。他にも判明した事実がある」

「判明した事実？」

何かと問おうとすると、扉がノックされた。入ってきたのはグレンだ。

その姿を目にしただけで胸がいっぱいになった。目が合い、しばし見つめ合う。

よかった。生きている。元気そうにしている。

回復したとは聞いていたが、実際にその姿を見ると幸運が躰に満ちてくるようだった。

まっすぐに伸びた背中や長い手足が醸し出す騎士のような凜とした立ち姿。褐色の肌に映える琥珀色の瞳。寡黙さの象徴のようにキリリと結ばれた唇。平原の中に一本だけ立つ喬木のような孤高。

以前のままだ。以前と変わらずここにいる。それだけで十分だった。

互いに目を逸らそうとしない二人に、エセルバートが苦笑いした。ハッとなると、グレンが「何か用か？」と不躾な態度で言う。

「話したいことはたくさんあるだろうけど、女王がお呼びだ。フィン、君もだよ」

「僕も、ですか？」

判明した事実と関係があるのだろうか。それとも、フィンの正体に関わることだろうか。今後どういう扱いになるのかは、まだ聞いていない。

謁見の間に向かうとすぐに女王も姿を見せ、玉座に座った。フィンは二人の王子の後ろに回り、王子たちとともに片膝をついてお辞儀をする。

「グレン、容態はどうだ？」

「このとおりだ」

二人の空気は、どこかぎこちなかった。これまでのようにグレンを気にもかけない態度ではないが、戸惑いが見られる。それはグレンも同じだった。血の繋がった親子なのに……、と絡まる糸のように、今も解けぬ二人の複雑な関係を愁う。

「フィンと言ったな。このたびのこと、礼を言うぞ」

「とんでもありません。僕……わ、わたくしが女王陛下を命の危険に……」

「もうよい。故意にやったことではないのだからな。それより本題に移ろう」

女王が言うと、二人の男女が入ってくる。はじめはそれと気づかずに見ていたが、自分の両親だとわかると思わず声をあげる。

「父様？　母様っ？」

フィンが大臣の手から救い出されたあと、両親とは一度だけ会った。特別に見舞いを許してくれたのだが、疲れきっていたため、ほとんど言葉を交わさなかった。

「どうしてここにいるの？　それに、その格好……」

二人は王家の者と見まがう立派な衣装を身につけていた。かねがね母の美しさを自慢に思っていたが、着飾るとそれが際だつ。

父も汗を流して働く普段の姿とはまったく違っていた。労働により培われた立派な体躯が威厳となり、品格すら漂わせている。

「わたしが言うより、両親の口から伝えたほうがいいだろう。説明してやるがよい」

戸惑ったが、女王に促された二人に手を取られて肩から力が抜ける。フィン、と父に呼びかけられ、ゆっくりと深呼吸をした。

「よく聞くんだ。今まで黙っていたが、父さんには王家の血が流れている」

「え？」

「母さんも、自分の正体を隠して王家の針子になったんだよ。美しく、賢くて愛情深い母さんにいつしか恋をした。母さんが人間だろうが怪物の生き残りだろうが関係なかった」

蜘蛛の怪物であるフィンの母に恋した父は、すでに共存の道を絶ったこの国で結ばれることはないだろうと駆け落ちしたのだった。

「わたしは身を引くつもりだったけど、父さんはすべてを捨ててわたしと生きる道を選んでくれたのよ。だから、父さんについていこうと決めたの」

驚きのあまり言葉が出ず、二人を交互に見ることしかできなかった。整理がつかず、どう受け取っていいかわからない。

そんな息子を見て、二人は優しく微笑(ほほえ)むだけだ。

女王が玉座から降り、手を取り合う三人に自分の手を重ねてしっかりと握る。

「蜘蛛の怪物に喰われて死んだというのは、亡き国王がそう公表すると決めたからだ。実の弟が、国王の弟が女と添い遂げるために国民を捨てたと思われぬようにな。だが、国王にそう助言したのは、わたしだ」

声が少し震えていた。女王のこんな声を聞くのは、初めてだ。

「すまぬ。わたしは……わたしは……お前たちが羨ましかったのだ。わたしはグレンの父を愛したが、愛を貫けなかった。だからこそ愛を貫いた強さが羨ましかったのだ」

目を伏せた女王からは後悔が溢れていた。悲しみに濡れる姿に、どれほどの苦しみを味わっただろうと思わされる。息子を手にかけようとした人ではあるが、フィンが彼女をひどい母親だと切り捨てられないのは、そこに苦悩があったからに違いない。

女王を理解しようと思う。

「愚かだった。王が亡くなってから蜘蛛を忌まわしい存在としたのも、わたし個人の憎しみによるものだ。国外へ逃げたと思っていたが、まさかこんなに身近にいたとはな」

三人は膝を折ってお辞儀をし、謝罪を受け入れる姿勢を見せた。女王の顔に安堵の色が広がる。

「女王陛下。実は僕からもお話があります。会っていただきたい者がおります」

エセルバートは女王の許しを得ると、家臣に彼らを呼んでくるよう伝えた。謁見の間に現れた中に、親しい者の姿を見つけたフィンは、思わず声をあげた。

「ガブリエラ！」

彼女は元気そうで、フィンを見てにっこりと笑う。

「グレンに関する黒い噂の真相を知る者たちです」

集められていたのは、グレンに仕えたことのある者たちだった。王家専属の占い師も呼ばれている。

「女王陛下に直々に言葉を伝える機会だ。頼むよ」

エセルバートの言葉を合図に、ガブリエラが真っ先に前に出た。

「女王陛下。お会いできて光栄です」

片膝をついて挨拶する彼女は、少し緊張しているようだった。城内で働いているとはいえ、直接話をすることなど滅多にないのだから当然だ。

「三年ほどグレン王子に仕えてまいりました」

彼女は、本来急な休みなど貰えない使用人に暇を与えるたびに、グレンが使用人の首を刎ねたという噂が立つのだと訴えた。

次に、グレンの怒りを買って首を刎ねられたと噂されていたかつての針子が前に出る。彼は父を亡くした母の傍にいられるよう、あえて首を刎ねたことにしてくれたのだと感謝の意を述べた。

さらに馬丁が出てきて、グレンが怪我を負って殺すしかなくなった馬に自ら手をかけるのは、少しでも苦痛のないよう終わらせるためだと説明する。噂されるように血を見たいからではなく、国のために働いてくれた馬への感謝の表れだと。

そして、最後の男が前に出る。

身につけているのは綿の上下で、腰になめした革のベルトをしていた。猟師でもしていそうな立派な体軀の持ち主だ。決して裕福には見えないが、片膝をついて頭をさげる仕草は板についており、王家に仕える者の匂いがする。

「女王陛下。お久しぶりでございます」

男が顔をあげた瞬間、女王は驚きの表情を見せた。そして、観念したように笑う。

積みあげてきたものが壊れる瞬間を見ているような、虚しさが滲む表情だった。これほど弱々しい女王の表情をかつて見たことがあっただろうか。

「申しわけありません、女王陛下の命令に背いたまま生きておりました。ですが、わたくしにはまだ十二の王子を手にかけることなどできませんでした。どんな罰も受けるつもりでございます」

その言葉に、グレンを殺すよう命じられた家臣だとわかった。

女王が秘密裏に任務を言い渡した相手だ。それなりの地位だったと想像できる。

「グレン王子。立派になられました。あなた様のおかげで他国へ逃げ、こうして生きてこられました。もう十分です。わたくしを助けたばかりに、グレン様が『地獄から戻ってきた王子』などと噂されるようになっていたとは知りませんでした」

男は涙ながらに訴えた。彼はわずか十二歳の王子に救われたのだ。女王の命令と自分の良心の狭間で苦悩する彼を解放したのは、グレンに他ならない。

誰も知らなかった、地獄から戻った王子の本当の姿がそこにはあった。

「そうか。母がお前を手にかけようとした証拠を揃えたというのだな。否定はせぬ。確かに己の罪を隠すためにグレンを亡き者にしようとした。憎むがいい」

「今さらだ」

その言葉には、怒りもなければ蔑みもない。過ぎたことだと、吹き抜けていく風を見送るような清々しさすら感じられた。

それはエセルバート王子も同じらしく、穏やかな笑みを浮かべて女王を見る。

「この者たちを呼んだのは、弾劾のためではございません。ただ、知っていただきたかったのです。グレンの身近にいる者の間でしか知られていない、グレンの本当の姿を」

それは第一王子としての責務からではなく、兄としての純粋な願いから出た言葉に違いなかった。一人の王子である前に、父親は違えど兄弟であろうとしている。

「彼女の言葉を、もう一度お聞きください」

エセルバートに言われ、占い師が女王の前に跪いた。

「女王陛下。いつも申しております。占いはいつも複数の意味を持つと。死や破壊は変化でもあります。わたしは占いに出たものをそのままお伝えするしかありません。どう受けとめるかが未来を変えることもございます」

「そうか……。そうだったな。許せ、グレン。いいや、わたしには許せと言う資格もない。わたしは……、わたしは……っ」

何かを思い返すように声をつまらせ、女王はグレンの前に立った。

「わたしは愛してはならぬ者を愛してしまった。亡き国王を……裏切ってしまった。それが恐ろしくて、愛したはずの相手に背を向け、お前にまで……っ」

女王の啜(すす)り泣く声が、胸に響く。

こんなふうに泣くなんて想像もしていなかった。凛とした姿しか見せなかった女王は、頂点に立つ者、国を背負って立つ者だった。けれども今は一人の母親、一人の苦悩を抱えた人間の姿があるだけだ。

強さの裏に弱さも持つ、人間らしい姿が。

「悪かった、グレン。愛してやれずに……すまなかった」

「もういいんだ。本当に、もういい」

女王の肩にそっと手を置いたグレンは、迷いながらも自分のほうへ引き寄せた。そして、背中に手を回して抱き締める。

こうして親子の抱擁を交わしたのは、どのくらいぶりだろう。小さな子供の頃は、普通の親子と同じように何度もそうしたはずだ。ようやく本来の形に戻ることができた二人を見て、この国の未来が明るいものだと信じられた。

よかった。本当によかった。

「これまでの考えを改めなければならぬ。近いうちに皆に示すことにしよう。だが、それには

準備が必要だ。『失われた技術』についても、どうすべきか考えなければならぬ。国のために犠牲にならずに済むようにな」

女王の表情には、強い覚悟が表れていた。それは、変化に他ならない。自分の非を認めたあとにすべきことがわかっているのなら、信じるだけだ。

「グレン、もう一度母の傍へ」

グレンは腕を伸ばす彼女の手を取った。女王は最後にグレンをもう一度しっかりと抱き締める。いつまでも見ていたい光景だった。

謁見の間を出たフィンは、両親とともに居館（パラス）のほうへと歩いていた。用意された客室に向かう両親は、もとの衣服に着替えてすぐに帰るという。

「え、このままお城に住むんじゃないの？」

「いや、しばらくは農民として過ごすよ。いきなり王の弟が生きていたと国民に知らせるわけにもいかないからな。それに、急に母さんを理解しろと言っても無理だろう」

「父さんの言うとおりよ。わたしたちが『失われた技術』を持っている限り、簡単ではないわ。慎重にしなければね」

それは分断の歴史が決して短くないことを意味していた。

「そうか。そうだよね」

「でも、女王陛下はおっしゃいました。近いうちに皆に示すと。いつかまた人間と怪物が共存できる日が来ると信じてるわ。待ちましょう」

フィンは母の言葉に深く頷いた。焦らず、ゆっくりだ。ゆっくり、変えていく。

二人を客室まで送って戻ると、廊下でガブリエラの姿を見つけて声をかけた。自分の部屋に帰るところだったらしい。

「今日はお顔を拝見できてよかったです。また近々お会いできますよね」

「うん、きっとね。遊びにいくよ。グレン王子がお許しになってくださるのなら」

「ええ。新しい針子のかたが決まったら、フィン様もぜひおいでください」

新しい針子と言われ、胸がチクリと痛んだ。エセルバートの針子である今、グレンのために刺繍をすることはないのかと思い、夕刻の誰もいなくなった広場に吹く風のような寂しさが心を通り抜けていく。

「それでは、フィン様」

軽快な足取りで帰るガブリエラからは、グレンの誤解が解けた喜びが溢れていた。それを見送り、グレンを探す。謁見の間を出る時に家臣だった男と話しているのを見たが、今はどちらの姿もない。ひとことくらい言葉を交わしたかったが、諦めて部屋に戻る。

刺繍机につくと、貼られた革をゆっくりと撫(な)でた。

今はまだ休養中だが、またここで刺繍をする日々がはじまる。

心に浮かぶのは、グレンのことばかりだ。何度消そうが、エセルバートの琥珀色の瞳はグレンのそれに代わり、艶(つや)やかな黄金色の髪も漆黒の闇に消える。褐色の肌に映える模様を思い描いてしまい、それを振りきるように首を横に振った。

立ちあがり、窓に近づいて外を眺める。

「グレン王子の新しい針子って、もう探しはじめてるのかな」

どんな人だろう。

気持ちが沈んで仕方なかった。大臣の陰謀を暴き、グレンの誤解も解け、これからさらにこの国はよくなるだろう。みんなが幸せへ向かうこの瞬間に、自分一人がそれを純粋な気持ちで喜べないのが、フィンを深い憂鬱(ゆううつ)へと誘う。

それは森のどこかに横たわる静かな沼の底に沈んでいくような気分だった。皆の喜びとは遠く離れ、誰の目にも届かない、誰にも気づかれない場所に向かう。沼底に辿りつけば、もう這いあがれないかもしれない。ひとたびそうなれば、あとは澱(おり)とともに悲しみの中で生きるだけだ。

しばらくそうしていたが、部屋がノックされて使用人が呼びに来る。

「エセルバート王子が？」

「はい。部屋に来るようにと」

「わかった。すぐに行ってみるよ。ありがとう」

フィンは急いでエセルバートの部屋を訪ねた。扉をノックし、入っていいと言われて扉を開ける。グレンの姿が目に飛び込んできて、胸がトクンと鳴った。

何度も目にしてきた。それなのに、今初めて会う憧れの人を前にしたような胸の高鳴りに戸惑いを覚えずにはいられない。あれほど話したかったのに、同じ部屋にいるだけで心臓がとまってしまいそうだ。

「やぁ、フィン。何度もすまないね。グレンが話があるって言うから、君にも聞いてもらおうと思って呼んだんだよ」

エセルバート王子は長椅子に躰を預け、前に立つグレンを見あげている。なぜか楽しそうだ。

「それで、グレン。話があるって？」

「針子の件だ」

ドキリとした。まさか、と思うが、期待せずにはいられなかった。いいや、そんなはずはない。

何度否定しても、湧きあがる希望はどんどん膨らみ、自分では抑えようのないくらい育っていった。想いの強さが、自惚れとも思える想像をしてしまうのだ。グレンが何を言うのか早く聞きたくて気持ちが急く。

何を言いに来たのだろう。

何を交渉しようというのだろう。

早く、言葉にしてほしい。

「フィンを返してくれ」

その言葉を聞いた途端、フィンは目眩を覚えた。これほどの幸せがあるだろうか。ずっと待っていた。この言葉を待ち望んでいた。

返事がないのに痺れを切らしたように、グレンはもう一度言う。

「フィンを俺に返してくれ。俺の針子として雇いたい」

戻れるものならグレンの針子に戻りたかった。グレンのために刺繍がしたい。

それはフィンの中に確かに存在する気持ちだった。口にすることを許されるのなら、そう伝えたい。けれども、エセルバートの返事は予想に反して冷たいものだった。

「断るよ、グレン」

フィンは自分の耳を疑った。グレンも同じらしい。めずらしく言葉につまり、次に何を言っていいかわからず戸惑っているようだ。

「どうしてだ?」

エセルバートなら、すぐに応じてくれると思っていた。しかし、不敵に笑う王子からは、揺るがない意志の強さが感じられる。決して渡さないという気持ちが……。

「グレンがフィンをクビにして、僕に雇ってくれと頼んだ。違うかい？」

「そうだ。そのとおりだ」

「確かにもとはグレンの針子だ。だけど一度お前の手を離れたんだ。簡単に戻すわけにはいかないよ。それに、フィンは『失われた技術』を持っている。使いかたによっては、危険を招く力だ。僕には護る義務がある。その価値を知ったからと言って、今さら返せだなんて都合がよすぎる」

「『失われた技術』が欲しいんじゃない」

「じゃあ何が欲しいんだい？」

　グレンはまた言葉につまった。こんなグレンはめずらしい。何か言いかけたが、思い直したように口を噤む。

　それ以上何も言おうとはしない。

　お願いです。戻りたいんです、あなたの針子へ。

「言えないならフィンは返せないなぁ」

　ふふん、と挑発的に笑うエセルバート王子は、今まで見るどんな彼よりも意地悪そうな顔をしていた。けれども、私利私欲に支配された者のそれとは違う。

「欲しいのは、技術じゃない。……ン、……自身だ」

「え？　聞こえないよ」

身を乗り出して聞くエセルバート王子は、楽しそうだった。少年のような、いたずらっ子のような、野原を駆け回る少年たちの無邪気さが表れている。

家族でピクニックにきた少年は、両親の待っている場所に向かって走りながら言うのだ。

さぁ、早く。

早く来ないと、持ってきたおやつを僕が全部食べちゃうよ？

エセルバートの向こうに、まだ幼い兄が弟をからかって遊んでいる姿が見えるようだ。

「なぁに？　聞こえないよ、グレン。早く説明してくれないと、これから用事があって出かけるんだ」

「俺が欲しいのは、フィン自身だ」

「だから聞こえない」

「フィン自身だよ！」

大声で怒鳴るグレンは、顔が少し赤くなっているようだった。褐色の肌が、ほんのりと染まっている。

「そんなに欲しいのかい？」

「そうだ。フィンを愛してる。だから返してほしい。フィンを愛しているから、俺の近くにいてほしい」

ああ……、とフィンは目を閉じてその言葉を味わった。それは心の奥深く染み込んでいった。

湧き水のように幸福が溢れてくる。

愛しているから。

これほどまっすぐな言葉をグレンから向けられるなどと、誰が想像しただろうか。

「やっと言えたね、グレン。本当、手のかかる弟だよ。自分の気持ちに気づかずにいる弟に自覚を持たせるにはどうしたらいいか、ずっと考えてた」

「エセルバート」

「フィン、君はクビだ。グレンの針子へ戻ってくれ」

シッシッ、とぞんざいに手を振られ、思わず力を籠めてしまう。

「あ、ありがとうございます！」

「クビにしてくれてありがとうございますって、ちょっと傷つくけどね」

「あ……っ、えっと……っ、申しわけありません」

反省すると、エセルバート王子は太陽のような笑顔をフィンに向けた。からかうなんて人が悪い。

「グレンをさっさと連れていってくれ。君の荷物はあとで運ばせるから。君はもうここには戻ってこなくていいよ。フィンの仕事部屋はそのままにしてるみたいだし、新しい針子は拒否したって聞いてる。専属の針子がいない王子なんて前代未聞だからね」

「え？」

新しい針子を拒否した。

グレンを見ると、余計なことを……、とばかりに不服そうな顔をしていた。だが、明かされた事実を知った今、そんな表情はむしろフィンを喜ばせるだけだ。

「フィン、グレンを頼むよ」

改まった態度には先ほどのやんちゃな王子の姿はなく、いずれ国を背負って立つ者の寛大さでフィンを見下ろしていた。懐の深い、王の器に足る彼を見つめ返す。そして軽く息を吸い、心からの言葉を返した。

「はい。グレン王子に全力でお仕えします」

正式な場でそうするように、片膝をついてお辞儀をする。

それは誓いだった。この先、何があってもグレンに仕える。それはフィンにとって何よりの喜びでもあった。


エセルバートの部屋を出たフィンは「こっちだ」と言われ、グレンの部屋へ入っていった。

グレンはふり返りもせず、窓際に立つ。

顔を見ずとも、背中だけでも、自分の視界に入る場所に彼がいると思うとフィンはとてつもない幸せに見舞われた。

　ここにいていいのだ。ここで、グレンに仕えることができる。

「なぁ、フィン」

「は、はい」

　改まった言いかたに、身を引き締めた。落ち着いた深みのある声だけに、これから言われることを一言一句聞き逃してはならないという気がした。それは人の上に立つ者が持つべき威厳の片鱗でもあり、この先、王家の一人としてどのように国政に関わっていくか期待してしまう。

　同時に、下腹部にそっと手を伸ばすような性的な魅力も感じるから困りものだ。

「俺はずっと、自分は国を滅ぼす存在だと思っていた。占い師にも言われてたからな。だからあえて危険な任務についていた」

「ですが、受け取りかたの問題だと」

「ああ、そうだ。だが、わかっていたのにそう思えなかった。弱かったんだよ」

　弱いだなんて言葉は、グレンには似合わない。しかし、それを認めることにより得られる強さがあるのも事実だ。

「自分などどうなってもいいと思っていた。どうせ母親にすら愛されない身だ。自分を粗末にしていた。それなのにお前は、俺を全力で理解しようとしてくれた」

「グレン王子」

「今は、自分が国を救えると信じられるよ」

「はい、大臣の……いえ、もと大臣の陰謀を阻止したのですから」

ふり返ったグレンの姿は、神々しくすらあった。褐色の肌やバランスの取れた躰に、窓から燦々(さんさん)と光が降り注いでいる。その様子は、神託を受けているようでもあった。

この国の王子として相応(ふさわ)しい者であると。

「これからは国政にも積極的に参加するつもりだ。性に合わないけどな。だから、ずっと俺の傍で支えてほしい。あの言葉を信じていいな？」

グレン王子に全力でお仕えします。

エセルバートの部屋でした誓いを思いだし、ここでもう一度伝えるべきだと考えたフィンは、グレンの目の前で片膝をついた。そしてその琥珀色の瞳をしっかりと見つめ返す。同じ色でありながら、二人の瞳の違いが今はよくわかる。

愛を知っているからこそ分け与える愛を国民へ向けられるエセルバートと、愛を知らずに育ったからこそこの国の闇を光に変える力を持つグレン。それらは補い合ってより強い力となるだろう。

「グレン王子。精一杯お仕えします。命ある限り」

「ああ、頼む」

手が伸びてきて頬に触れられた。いとおしむ気持ちが手のひらから伝わってくる。熱い体温とともに、フィンに想いを伝えてくる。

「ん……」

口づけられ、素直に応じる。腕を掴まれ、促されてゆっくりと立ちあがった。唇を離すともう一度見つめ合い、互いの存在を感じる。

すべて捧げたい。刺繍の腕を。母から受け継いだ『失われた技術』を。そして何より、身も心も含めた自分のすべてを。

「愛してる、フィン」

「グレン王子。僕もお慕い……、――んん……っ」

唇を塞（ふさ）がれたフィンは、優しくついばむようなキスに躰から力を抜いた。身を預け、心を預ける。

ちゅ、ちゅ、と何度も音を立てて唇を吸われていると、下半身が熱くなってきて、もどかしさに全身が包まれていった。

「はぁ……っ」

熱い吐息を漏らしてしまい、なんてはしたないのだと自分を戒める。けれどもひとたび放たれた炎はフィンを包み込み、甘い口づけに煽（あお）られて情炎と化す。あがった息を整えようと唇を開くが、その程度では抑えきれない。

「ぁ……ん、んっ、――ぅん……っ」

乱暴なキスに変わったかと思うと、何もかも奪うような口づけに翻弄された。嵐のような激しさで求められて、溺れるようにこの行為に取り込まれていく。

「ぁ……ん、んっ、んぅ、ぅんっ、ん、ん、んっ、んぁ……、はぁ……っ」

甘い声と唾液で濡れた音が絶えず聞こえていた。口内の弱い部分を刺激され、自分を抑えきれなくなる。

「グレン王子を……ずっと、慕って……おりました」

言葉にせずにはいられなかった。針子の身分でありながら伝えていいかわからないまま、想いは唇の間から次々と溢れる。

「……ずっと、好きでした。噂どおりの、人じゃ……ないってわかった時から、ずっと……、うん、……ぁ……ぁ……、んっ、んっ、んっ、……ぁ……っ」

次第に情熱的になっていく口づけに、フィンは息をあげた。腰に腕を回されて掻き抱かれ、舌で糸の出る穴を刺激される。普段閉じているそこは、尖った舌先で半ば無理やりこじ開けられるようにして開かされた。

穴に舌を入れられるだけで、これほど蕩けるものかと驚きを隠せない。

「ぁ……っふ、……っ、そこは……駄目、です。体液、が……あふれ、ます……、……それに……っ、み、……醜い、……模様が……」

糸のもとになる体液が溢れてきた。けれどもそれは形にはならない。たっぷりの唾液と混ざり合い、とろりとしたまま流れ落ちるだけだ。

「醜い？　どこがだ。綺麗だぞ」

首を横に振るが、グレンは譲らない。

「俺の言葉が信用できないのか？　本当に綺麗だ。だから見せろ。俺に全部、お前の秘密を全部俺に明かせ」

「ぁ……っ」

首筋に唇を這わされ、ゾクリとした。肌に浮かんだ翡翠色の模様を愛でるように、舌でゆっくりとなぞられる。舌は下へ移動し、鎖骨の窪みへと到達した。

「ぁあ……っ」

「俺の寝室に来るか？」

はっきりと誘われて、頬が熱くなった。

「針子が……王子の寝室になど……」

「俺が許してるんだ。構わない。お前の肌に浮かんだ美しい模様をすべて見たいんだよ」

醜いと思っていたものをそんなふうに言われ、フィンはようやく自分の身に起きる変化を愛することができる気がした。子供の頃、化けものという言葉を浴びせられてからずっとこの模様を引け目に感じていた。

だが、グレンがそう言ってくれるのなら、自分の躰を愛せる。自分自身を愛せる。

「見せてくれと頼んでるんじゃない。命令だ」

あぁ……、と目を閉じ、グレンに従った。口づけを交わしながら、寝室に繋がる奥の扉へといざなわれる。

それはゆっくりと開き、求め合う二人を静かに呑み込んだ。

グレンの寝室に入るのは、初めてだった。

繰り返される口づけの間から覗き見た寝室は、フィンに用意されたものとは格段に違っていた。

ベッドには見事な装飾の施された天蓋(てんがい)がついており、絹とレースのカーテンは裾(すそ)のところに複雑な房飾りがついていて留め具でまとめられている。王子の眠りを護るために設(しつら)えたそれはなめらかな絹で、ひとたびそれでベッドを囲うと窓から降り注ぐ光をやんわりと遮ってくれるだろう。優しい影を落として秘密を隠してくれるに違いない。

衣服をすべて剝ぎ取られたフィンは、まさか自分がここに横たわるなどと想像もしていなかった。慎みのある光沢の中で自分をさらけ出す羞恥(しゅうち)に、身を焦がす。

「エセルバートには、お前の肌に浮かぶ美しい模様を二度と見せたくない」

言いながら上着を脱ぎ捨てるグレンの仕草は優雅で、魅力的だった。躰の線がよりわかるベストになると、柔らかなブラウスの下に隠された鋼のような肉体を想像せずにはいられない。一枚ずつ脱いでいくのがまた、想像力を掻き立てるのだ。

ベストの釦（ボタン）を外す指は長く、あの指にされたさまざまなことを思いだしてしまう。

「喰い入るように見るんだな」

「……っ、申しわけ、ありませ……」

「責めてるんじゃない。お前にも性欲があるんだなと思ってな」

「ぅん……っ」

口づけられ、目を閉じた。けれども見たくて、グレンを少しでも自分の瞳に映していたくて、うっすらと目を開ける。ベストがベッドの横に落とされたのを横目で捉えながらゴクリと喉を鳴らした。

喉元のところでスカーフをほどく音がしただけで、下腹部が熱くなった。恥じらいを覚える一方で、その気配に耳を澄ませてしまう。音で興奮しているなんて気づかれたらと思うと、どうしていいかわからなくなるのだ。

「ブラウスの釦はお前が外せ」

「は、い……、ぅ……ぅん……」

口づけを交わしながら、手探りでそれを探した。柔らかい布越しに躰に触れる。完成された肉体を手で感じた。

盛り上がった胸筋や、引き締まった腰。割れた腹筋。

釦をひとつずつ外しながら、少しずつ露わになる肉体を想像した。一番下の釦を外し終えると、見ていいのかわからず視線を漂わせる。ひとたび目に映せば凝視せずにはいられない気がした。

だが、そんなささやかな抵抗も虚しく、命令される。

「脱がせてくれないのか」

断れるはずもなく、開いたシャツの間に手を差し入れてゆっくりと剝ぎ取った。自分だけに許された行為に、ため息が漏れる。

グレンの肌にはうっすらと汗が浮かび、それは褐色の肌をより艶やかにしており、フィンの目に美しく、魅力的で、卑猥に映った。

「うん……っ」

グレンのキスに応じると、唇の間から舌が侵入してきて糸の出る穴を刺激された。白い肌に浮かんだ翡翠色の模様が濃くなる。深く色づくそれは、フィンの本音を吐露しているようだ。

自分からも求めようとするが、うつ伏せにされて背中の模様をなぞるように丹念に唇を這わされる。

「……ぁ、……あぁぁ」

欲しがって啜り泣く躰の訴えを軽く躱しているようだった。それはグレンの闘いかたにどこか似ていた。見事な動きで敵を翻弄するのと同じだった。気がつけば、その思惑どおりにより深い愉悦へと誘導されている。

「ぁあ……ぁ、……いけ、ま……せ……、王子っ、……いけませ……ん」

絹のシーツに顔を埋め、何度も懇願した。しかし、愛撫の手が休まる気配はまったくなく、弱い部分を次々と探り当てていく。

「フィン、愛してる。お前を……」

耳もとで囁かれる言葉は、微かに掠れていた。

「ずっと……傍にいろ、……俺の……、傍に……」

「はい、……はい……、……必ず、……かならず、……っく」

口の中に指を入れられ、再び穴を弄られる。

「んぁ……っ」

腰を浮かされ、空いたもう一方の手で尻の割れ目に沿うようになぞられ、吐いた自分の体液をそこに塗られた。指が侵入してくるのに、ひたすら唇を噛んで耐えるしかない。

「う……っく、……はぁ……、……ぅん、んぅ……っく」

入ってきたのは指の先ほどなのに、すべてを征服されたような気持ちになっていた。

「グレン王子、グレン王子……っ、そこは……、そこは……っ、ぁあ……っ」

いけません、と何度口にしただろう。それでもグレンはやめない。むしろ、じっくりと時間をかけてやるとばかりに、ゆっくりとした動きで責められる。濡れた音が聞こえてきて、恥ずかしさのあまりきつく目を閉じた。

高級なシーツも枕も体液で汚してしまうには惜しくて、自分に我慢を強いる。しかし、それが逆にフィンを昂(たかぶ)らせていたのだから始末に負えない。

いくらでも出していいと開きなおれば楽だろうに、それができないのだ。

いけない。濡らしてはいけない。零してはいけない。

そんな思いに迫られて、躰はより禁忌を感じ取って熱くなる。

「ここで繋がったことはあるか?」

「あり、ませ……ん、いち、ど、も……」

「そうか」

どこか嬉(うれ)しそうな声だった。

指をゆっくりと抜かれ、別のものをあてがわれる。

「ぁあっ! ぁ……っく、——ぅ……っく!」

思いのほか強い衝撃に、シーツを摑んで声を含ませた。けれども十分ではなく、啜り泣く声は次々と漏れる。

「まだ無理か」

グレンは無理やり繋がろうとはしなかった。

再び口の中に入れられた指で穴を刺激され、溢れ出た体液で後ろを濡らされる。今まで誰にも触れられたことのない蕾は貞淑な固さでグレンの指を締めつけていたが、次第にほころんでいった。

「んあぁぁ……、……っふ、王子……っ、いけませ、……そんな……、こと……っ」

さらに糸になりきれなかった体液を足され、指を出し入れされる。ゆっくりと、少しずつ。何度も、何度も。

「ぁあー、ぁ……ん」

声が一段甘くなった。自分でもわかるほどの明らかな変化に、グレンが気づかないはずがない。そう思うと、ますます追いつめられていく。

「ぁん、んぁ……っ、あ、んっ、はぁ……ん、や……ぁぁあ……っ！」

濡れた音がしきりに聞こえてきて、責められている気分だった。はしたない奴だと、針子でありながら王子を欲しがるなんて、浅ましい奴だと。

「もう……こっちでいいな？」

あてがわれたのは屹立だった。弾力のあるその先端をねじ込まれ、ビクンと身を固くする。身構えずにはいられない。

「――ぁあ！　あっ、あっ、あっ！」

雄々しいそれは、指とは比べものにならないくらいの衝撃だった。ミリミリと少しずつ引き裂かれながら、フィンは悦(よろこ)びの中で溺れそうになる。

痛みがないわけではない。苦しくないわけでもない。

それでも繋がりたかった。

グレンと深く繋がり合いたい。

「愛してる……っ、フィン」

くぐもった声と同時に、全身に衝撃が走った。

入ってくる。

グレンが、ゆっくりと入ってくる。

「あ、あ、あ、――ぁぁあー……っ！」

掠れた声を漏らしながら、フィンはグレンを受け入れた。根元まで深々と。

繋がってしまってもなお衝撃は収まらず、ドクンドクンと全身が脈打っているようだった。熱くて、溶けだしてしまいそうだ。溶けて、流れていきそうだ。

けれどもそれだけでは終わらない。

「ひぁ……、ぁあ……ぁ、……はぁ……ぁ」

熱の塊はゆっくりと出ていき、また深々と奥へ侵入してきた。自分の吐いた体液がぬらりとし、二人が繋がる手助けをしているのが恥ずかしくてならない。それは、フィンがこの行為を望んでいる証のようだった。

どれほど貪欲に欲しているのだと呆れるが、否定する材料は見つからない。

「こんなに、綺麗なのに……醜いだなんて……誰が言った？」

背中に口づけられながら、前後にやんわりと揺すられる。

ベッドの横に大きな鏡があることに気づいたフィンは、そこに映る自分たちの姿をぼんやりと眺めた。そして、目を見開く。

滅多に目にしない貴重な鏡は、繋がる二人の姿をはっきりと映し出していた。これまで水面にうっすらと浮かぶ姿しか見たことがないフィンにとって、それは衝撃的だった。

白い肌に浮かぶ翡翠色の模様。グレンの持つ褐色の肌との対比がくっきりとしているからか、余計に二人があそこを擦り合わせ、絡み合っているのがわかる。

鏡の中のフィンはグレンを尻で咥え込んでいる。それはまるでねだっているようだ。漏らした言葉とは裏腹に、貪欲に欲しがる姿をありのままに映し出している。

あれが、自分――。

組み敷かれ、尻を高々とあげる姿は、はしたないなんてものではなかった。こんな格好でグレンを喰い締めているなんて……、と、耳まで赤くなる。

「いけませ、……いけません……っ、こんな……、こんなことを……っ」

浅ましい自分が信じられなくて、信じたくなくて、そんな言葉を繰り返してしまう。どんなに躰が白状していても、それ以外口にできなかった。けれどもグレンは聞いてはくれない。

後ろに王子を深々と受け入れ、喰い締めている自分の姿を見ながらやんわりと突きあげられるうちに、鏡の中の自分たちから目が離せなくなった。喰い入るように見てしまう。

「ぁあっ、ぁあ……ぁ、……ぁあ……ぁ、あっ、あぁ、……っく、……ぁあぁあ」

なんて卑猥に腰を回すのだろう。引き締まった腰は闘いで得たものだが、闘いのために鍛え上げられた腹筋は今、フィンを責めるために動かされている。余裕を持った動きがよりいやらしくフィンの目に映った。

回し、突きあげ、引き、深々と収める。

白く、小さな自分の尻の向こうに見える卑猥な腰は、次第に逞しい動きへと変化していった。

それに従い、繋がったところから絶えず濡れた音がしてくる。だが、ふいに出ていかれた。

「あ……」

突き放されたような気がした。鏡越しに自分たちの姿を見ると、叢の中で雄々しくそそり立つグレンの屹立がフィンの吐き出した体液でぬらぬらと濡れていた。先端の滴までもがはっきりと見え、それ自体がひとつの生きもののようだ。

「そんな顔をするな。途中でやめる気なんてさらさらない」

再び仰向けにされ、目と目を合わせたままあてがわれる。

「俺から目を離すなよ」

「……はい、……ぁあぁ……、……ぁあっ！」

そのままもう一度ゆっくりと収められた。挿入する瞬間の顔をグレンの目にさらされるのは恥ずかしいが、それは同時に自分も彼の表情を見られるということだ。

微かに眉根を寄せながら自分の中に押し入るグレンの表情は、これまでに見たどんなものよりいとおしく、美しく、凛々しかった。

綺麗だと口にされると、信じられた。醜いと思い込んでいた全身に浮かぶ模様は、神秘的に感じる。恥ずかしさに変わりはないが、見られてもいい、見てほしいと思えるのだ。

「ぁ……ん、んんっ、んぅ……ん、ふ……ぅん、……んぁ……ぁ……」

深く口づけられ、まるで体液を啜るように強く吸われて舌と舌を絡ませ合った。グレンの喉がゴクリと鳴る。

迫り出した喉の骨がゆっくりと上下する様は、とんでもなく卑猥だった。汗ばんだ肌の艶やかな光沢と、男らしく浮かんだ筋、喉の骨。すべてがフィンの欲望を誘っている。

「痛く、ないか？」

「いえ、いえ……っ、ぁあ……っ、あ、やぁ……っ！」

見下ろされ、グレンの首筋に浮かぶ汗が肌を伝っていくのを見ながら突きあげられる。

たまらなく興奮した。顎先から汗が滴り落ち、自分の胸元を濡らされることにも激しく欲情し、理性はあっという間に溶けだしてしまう。

ポタリ、ポタリ、と汗が落ちるたびに、快楽が増すようだった。

「はぁ……っ、ぁあっ、王子……っ、グレン王子……っ」

「なんだ？　ここか？」

「や、……あっ、や……っ」

「イイのか？」

「はっ、あっ、んぁっ、グレン、王子……っ、グレン王子……っ！」

そのまま、そのまま高みに連れていってください。

言葉にせずとも気持ちが伝わったのか、腰の動きは次第に激しさを増した。滴る汗もだ。フィンの肌にも珠のような汗が浮かび、流れていく。

先ほどよりもずっと激しく、二人は求め合った。

自分を責めさいなむ卑猥な腰に腕を回し、肌に指を喰い込ませてより深く繋がろうと腰を突き出す。感じるほどにはっきりとする模様をグレンが綺麗だと口にする。我を忘れて欲望に忠実になれた。

「フィン、……っく、……フィン……ッ」

「ああ、あ、――ぁああー……っ！」

グレンが限界を迎えるのとほぼ同時に、フィンも絶頂に辿りついた。

奥にグレンの熱い迸りを感じる。幸福感が満ちていった。それは放ってもなお硬度を保っ

たまま軽く痙攣を続ける。

ゆっくりと躰を預けられ、その重みを味わった。幸せな重みだった。

広々としたベッドの中央に横たわっていると、天蓋の美しい装飾が降ってくるようだった。夜空に浮かぶ星々のようなそれは、熱い時間を過ごした二人に静寂をもたらしてくれる。ベッドのカーテンは閉じられ、二人だけの世界がそこにはあった。

「起きてるか?」

「……はい」

「生きてるか?」

「……っ、……はい」

思わず笑い、両腕を上げて自分の肌にまだうっすら浮かんでいる翡翠色の模様を眺める。

「王子」

「なんだ」

「僕はこの模様をずっと醜いと思ってました。人に見られたくありませんでした。どうしてこんな模様が浮かぶんだろうって」

「綺麗だぞ」

腕をゆっくり撫でられ、手を握られた。左腕をおろし、右腕をあげたまま自分たちの腕を眺めた。

グレンの長くて引き締まった腕が自分のに重なると、その違いをありありと見せつけられる。乳白色と褐色の肌。色だけでなく、筋肉のつきかたも腕の長さも手の大きさも指の長さも違う。

それが今、こうして重なり、寄り添い合っている。

「グレン王子がそう言ってくださるから、自分を好きになれそうです」

「そうか。俺もだ。俺もお前のおかげで自分を好きになれそうだ」

指と指を絡ませ、しっかりと握り合った。そのまま腕をベッドに戻す。

穏やかな空気に身を委ねていると、ずっと曖昧にしてきたことがふと心に浮かんだ。それをはっきりさせるのは今だと、小さな決意を胸にする。

「一つ聞きたいことがあるんですが、いいですか？」

「ああ、なんでも聞け」

「以前、グレン王子は蜘蛛を殺さないのかと聞きましたよね。女王陛下の命令だから皆さんそうされますと」

「そんなこともあったな」

懐かしさに目を細めるグレンに、あの頃のことが思い出される。グレンを恐ろしい王子だと思っていたフィンが、変わりはじめた時期だ。

その優しさに触れ、もっと彼を知りたいと思うようになっていた。

「三年ほど前に、エセルバート王子がよく使われる国境近くの別荘で蜘蛛を助けたことはないですか？」

「さぁな、覚えていない。蜘蛛なんてそこらじゅうにいるからな」

「新月の夜です。中庭の芝生にいた蜘蛛を別荘の外まで」

詳しく説明すると、フィンの真剣な気持ちが伝わったのだろう。グレンは記憶を辿るように視線を巡らせた。真実を探るような表情は誠実さの表れだ。しばらくそんな顔をしたあと、思い出したように笑う。

「ああ、三年ほど前と言えばあの時か。確かに国境近くの別荘に行った。あの時はエセルバートだけじゃなく女王も一緒だったんだ。俺との仲を取り持つために招待されたんだよ」

グレン曰く、エセルバートの努力も虚しく二人の距離が縮まることはなかった。ただただ気まずい空気ばかりが漂い、息苦しかったという。たとえ彼の招待でも、二度と来ないと誓ったのをよく覚えていると言って苦笑いした。

「あの頃は俺も頑なだったからな。居心地が悪くてひどいもんだった。だから中庭に逃げたんだよ。そしたら蜘蛛がいて、女王が見たらすぐに殺すと思って逃がした。殺す必要なんかないと思ってたからな。どうしてそんなことを知っている？」

胸がつまってすぐに答えられなかった。目頭が熱くなり、ずっと繋がっていたのだと、この奇跡を噛みしめる。

あの出来事がここに繋がって、今があるのだと……。

「実はまだお伝えしていないことがあります」

「なんだ？」

フィンは深く息を吸った。秘密を打ち明けるというのに、怖くはなかった。グレンが受け入れてくれると信じているからだろう。

そして何より、命を助けてくれた礼を直接言える喜びに満ちているからに違いない。

「人間と蜘蛛の怪物の間に生まれた僕は、この模様以外にも特徴があります」

言いながら身を起こし、グレンを見下ろす。

「新月の夜に、僕はこの姿を保てずに小さな蜘蛛の姿になるんです。新月が来るたびに、部屋に閉じこもって隠れてました」

「そうか……」

短い言葉に拍子抜けし、破顔する。

そうか。

驚くべき事実を伝えたというのに、あっけない言葉だった。だが、それはありのままを受け入れるという意志の表れでもある。フィンがどんな存在でも、気持ちが変わることはないと言われた気がする。

「あの時の蜘蛛は僕です。三年前、僕はあなたに命を救われました。あの時のことがきっかけで、王家の針子を目指すようになったんです」

「……そうか」

今度は先ほどとは違い、噛みしめるような言いかただった。この奇跡を、繋がりをグレンがどんなふうに感じているのかが伝わってくる。

「ずっと……お傍におります。ずっと……」

「お前がいれば、どんなことでも乗り越えられる」

「グレン王子」

「お前に出会えてよかったよ」

言いながら身を起こしたグレンに見つめられた。琥珀色の瞳に向けて両腕を伸ばすと、ゆっくりと顔を傾けてキスをされる。

「ん……」

顔を見合わせると、まだ汗で微かに濡れた前髪が額に貼りついているのがわかった。それを掻きわけ、再び唇を重ねる。キスは少しずつ熱を帯びていった。ちゅ、ちゅ、と音を立ててついばみ、自分の気持ちを唇に乗せる。

あんなに深く愛し合ったのに、もう一度……、とどちらからともなく行為に誘った。二人のキスはさらに濃密さを帯びていく。カーテンで囲われているぶん、先ほどよりずっとグレンを感じられる気がした。疲れた躰がそれを手助けする。

夜は思っていたよりずっと長い。

抜けるような青空だった。

心地よい風と日差しに見舞われた午後。爽やかな空気は城内にも流れ込んできて、この日を祝福しているようだった。ガブリエラと回廊を歩くフィンにもそれは注がれている。

新しく針子になる者たちの浮き足だった空気が伝わってきて、自分が針子に任命された日を思いだして懐かしくなった。

「フィン様。本当にいい天気ですね。国の未来が明るいと言われているようです」

「うん。まさかこんな気持ちで迎えられるなんて思っていなかったよ」

女王の口から亡き王の弟が蜘蛛の怪物に殺された事件の真相が国民に伝えられてから、二年の月日が過ぎていた。長いようで短かった二年。その間に起きた変化を思うと、感慨深くなる。

あれから女王は、王家の血を引く者や貴族たちの理解を得るために議会を開いた。そこで話し合われたのは、王家の血を引くフィンの父とその家族をどう扱うべきかだ。

王家の一員として迎えるべきではという議論もあったが、継承問題へと発展しかねないと思った父は継承権を放棄した。そのうえで城内に招かれ、農民の生活をよく知る者として彼らの訴えを国政に届ける役目を担っている。フィンも王子の称号は受けずに針子として生きる道を選んだ。好きな刺繡ができればそれでいい。

そんな無欲な姿勢が、この国の中枢にいる者たちの理解を得る手助けになったのは言うまでもない。

それが進むと国民へと告げられ、蜘蛛を忌まわしい存在とし、殺さなければならないという女王の言葉も撤回された。

しばらく混乱が起き、王家に対する批判も出たが、女王が言葉を尽くして幾度となく説明の機会を設けると少しずつ理解は広がっていった。不満を抱く者がいないとは限らないが、多くの国民は受け入れる姿勢を見せている。

そして今、フィンの母は『失われた技術』を継承するために働いていた。力が宿るのは蜘蛛の糸(スパイダーシルク)を使ったものだが、模様そのものにもそれなりの効果はある。

「想いは刺繡に宿ります。どう宿らせるかが大事なのです」

その言葉は王家に仕える針子たちだけでなく、刺繡に携わるすべての者に伝えられた。

人の幸せを願うもの、家族の健康を祈るもの、危険を回避するものなど。模様の持つ意味を伝えている。おかげで平和を願うセルセンフォート製の刺繡は、諸外国からさらに求められるようになった。

「だけど今年の任命式は随分派手だなぁ」

謁見の間には針子本人だけでなく、その家族たちも呼ばれていた。壁際に並んだ彼らは息子や娘の晴れ晴れしい姿を見る機会を与えられて喜んでいる。中は人でいっぱいだ。仕事中の使用人たちが、開けられたままの扉から中を覗(のぞ)いている。

「女王陛下の名のもとで行われる最後の任命式ですもの。それに、開かれた王室を目指しておられるエセルバート様のお考えにぴったりです」

「確かに」

このたび女王は国政から退くことを発表した。これからは、エセルバートが中心となって国を動かしていく。

「フィン様も中にお席を用意していただけたでしょうに」

「ここからでいいよ。だってほら。ここで見るほうが楽しい」

式典のはじまる時間が近づくにつれて、使用人たちがそわそわしはじめた。彼女たちを束ねる執事が仕事に戻るよう注意するといったんは姿を消すが、一人、また一人と集まってくる。しかも注意した執事までもが、一緒になって中を覗き込む始末だ。

「あっ、エセルバート様がいらしたわ」

控えの間から出てきた王子を見つけたらしく、誰かが声をあげた。また数人が仕事を放り出して人だかりに加わる。フィンたちも続いた。

「フィン様、見えますか？　ほら、あそこに。白い衣装がお似合いだわ」

「本当だ。胸元の模様がとても複雑だ。どんな縫いかたをしてるんだろ」

 つい刺繍に目がいくフィンに、ガブリエラが小さく肩を震わせる。

やはり一番人気はエセルバートだ。使用人たちは頬を染めながらうっとりしていた。金色の髪と琥珀色の瞳に似合う、白地に金の刺繍。高貴な輝きに満ちた衣装を着こなせるのは、王の資質を持っているからだ。

さらに第二王子、第三王子、第四王子と続いて出てくる。グレンが登場すると、どこからか浮き足だった声が聞こえてきた。

「グレン様よ」

きゃあ、と黄色い声もして、ガブリエラと顔を見合わせて笑った。以前なら考えられなかったことだ。この日が来た喜びを、二人で分かち合う。

積極的に政治に参加するようになってから、国民のグレンに対する評価はどんどんあがっていった。黒い噂が事実でないと公表されたが、単にそれだけが理由ではない。

荷を運ぶ危険な仕事に就き、荒くれ者たちと渡り合うような生活をしていたおかげで、国に潜む問題をグレンはよく理解していた。すべての国民に富を行き渡らせるために何をすればいいかわかっていて、具体的な解決策を何度も提案している。

そしてエセルバートはグレンの意見に真摯に耳を傾け、時には反発する貴族たちを抑えながら政治を行った。

だからこそ、女王もその座を譲り渡す決意ができたのだろう。

「グレン王子はなんて素敵なんでしょう。フィン様の刺繍がとても似合ってます」

「ほんと？　それならすごく嬉しい」

グレンの衣装は黒地に金の糸を使った。襟や袖口は思いきり贅沢に。そして、隠れるように黒の糸でも刺繍を施している。より民衆に近い政治を行うために奔走するグレンの努力を黒の糸で表現したのだ。

それは光の加減で浮かびあがり、引き締まったグレンの躰をより美しく見せている。

式典は滞りなく行われた。

新しい針子たちは次々と呼ばれ、女王の手から直接道具を渡される。その誇らしい気持ちを思いだし、フィンは改めて自分がグレンの針子であることに感謝した。

それが終わるとガブリエラと別れ、一人でグレンの居館へ戻って中庭で休んだ。というより、グレンを待っていた。

グレンが愚痴を零しに来るとわかっていたからだ。予想どおりの顔で彼が現れた時は、込みあげてくる笑いを抑えきれなかった。

「お疲れ様でした」

「何を笑ってる」

「だって、本当に疲れ果てた顔をされてるから」

「ああいうのは苦手なんだよ。エセルバートはよく愛嬌を振りまけるな。ああも笑顔を続けられるなんて、あいつの頬の筋肉はどんなふうになってるんだ」

「あなたは筋肉が疲れるほど笑ってなかったですよ」

立派に王子としての役割を果たすようになった今も、こういうところは変わらない。それが嬉しい。

グレンはフィンの隣に座ろうとした。しかし、咄嗟に植え込みの裏に身を隠す。何事かと居館のほうを見ると、使用人が小走りでこちらに向かってくるのが見えた。

「あの、グレン王子は戻っておられませんか？　ご挨拶をしたいとおっしゃるかたが」

すぐそこで息をひそめている。

どんな顔で隠れているのか想像して笑いそうになるが、ぐっと堪えた。時には息抜きも必要だ。

「ここにはいないよ。挨拶なら後日でいいんじゃないかな。今日はきっとお忙しくて躰が空かないと思うよ」

「そうですか。ではそう伝えてまいります」

使用人はすぐに戻っていった。今日はこんなやり取りを何度かしなければならないだろう。

「今日だけですよ」

「わかってるよ。膝を貸せ」

植え込みから出てきたグレンは、返事を待たずにフィンの膝に頭を載せた。木漏れ日が注ぐ芝生の上で、気持ちよさそうに目を閉じる。美しい琥珀色の瞳が瞼の下に隠れても、グレンは魅力的だった。

褐色の肌と漆黒の髪に触れたくなり、そっと指で前髪を掻き分ける。手を取られた。

「フィン、お前は心地いい」

「それはよかったです」

「ずっと傍にいろよ」

「もちろんです。ずっと傍でお仕えします。そう誓いました。お忘れですか」

「忘れてないよ」

指にそっと唇を押し当てられる。

それは、美しい刺繡を生み出す指をいたわるようなキスだった。

あとがき

こんにちは、もしくははじめまして。

今回はがっつりファンタジーでございます。ここ数年、ファンタジーにも手を出すようになったんですが、設定を考えるのが楽しいです。

きっかけは、ある特別なお仕事をするかたの衣装を作る職人さんを知ったからでした。調べていくうちに彼らのこだわりやプライドに触れ、萌えが膨らんでしまいまして……。

もともとテーラーのような職人さんが好きなので、あっという間に虜（とりこ）になったのです。

刺繡が鍵だったのですが、刺繡といえば糸。糸といえば蜘蛛の糸。と好き勝手に連想していくうちに、ギリシャ神話のアラクネにたどり着きました。多分、その段階で『王子と針子』という萌えそうなカップリングを思い浮かべたんだと思います。神話はネタの宝庫です。妄想が広がるお話がたっぷり。

もともと妄想癖があるというか、日常的に無意識にネタを探したりプロットを考えたりしているので、ちょっとしたきっかけがネタになることが多いです。おかげですぐぼんやりしてしまって、よく家族に「話聞きようと？」と言われます。

すみません、聞いてません。

他人と話している途中でも、というか話しているからこそ、その内容がきっかけになって妄想に繋がったりするので、すぐに自分の思考の中に入ってしまいます。他人の話を聞いていないと言われるんですが、弁解の余地はございません。プロットを練っている期間はひどいものです。他人の声が聞こえているのに、内容が全然入ってこなかったりするんですよね。

相手に失礼なのでやめようと努力はしてるんですが。気をつけねばと思いつつ、今でもやってしまいます。

そういえば、子供の頃からいつも母に「何ぼんやりしとうとね！　早く食べんね！」と怒られてました。食べながらよく妄想してたみたいです。

でも、そんな自分の妄想がこうして本になるんですよね。ありがたいことです。

イラストを担当してくださった石田恵美（いしだめぐみ）先生。素敵なイラストをありがとうございます。

そして担当様。いつもご指導ありがとうございます。これからもご指導よろしくお願いいたします。

最後に読者様。この本を手にとっていただきありがとうございます。皆様がいるからこそ、こうして物語を送り出すことができるのです。大好きな仕事を続けていけるよう、これからも皆様に少しでも楽しんでいただけるよう努力し続けようと思います。

また別の作品でお会いできたら嬉しいです。

中原（なかはら）一也（かずや）

この本を読んでのご意見、ご感想を編集部までお寄せください。

《あて先》〒141-8202　東京都品川区上大崎3-1-1　徳間書店　キャラ編集部気付
「悪役王子とお抱えの針子」係

【読者アンケートフォーム】
QRコードより作品の感想・アンケートをお送り頂けます。
Chara公式サイト http://www.chara-info.net/

悪役王子とお抱えの針子

【キャラ文庫】

■初出一覧

悪役王子とお抱えの針子……書き下ろし

2023年9月30日 初刷

著者 中原一也

発行者 松下俊也

発行所 株式会社徳間書店

〒141-8202 東京都品川区上大崎3-1-1

電話 049-293-5521（販売部）

03-5403-4348（編集部）

振替 00140-0-44392

印刷・製本 図書印刷株式会社

カバー・口絵 近代美術株式会社

デザイン 百足屋ユウコ＋タドコロユイ（ムシカゴグラフィクス）

ISBN978-4-19-901112-2

中原一也の本

好評発売中

「僕たちは昨日まで死んでいた」

イラスト✦笠井あゆみ

絶望に囚われ、死に執着する人間が放つ不吉な甘い香り――交通事故で兄を亡くして以来、「死の匂い」を嗅ぎ取れるようになった月島。「死」を漂わせる人間とは極力関わりたくない…。そう思っていた矢先、経営する飲食店の改装工事で、若い職人の佐埜と邂逅!!　精悍で鍛えられた肉体は生命力そのものなのに、なぜかあの匂いを纏っている!?　警戒する月島だけれど、工事後も客として店に現れて!?

中原一也の本

好評発売中

［幾千の夜を超えて君と］

イラスト✦麻々原絵里依

深夜の山道をドライブ中、見知らぬ男が突然飛び出してきた⁉　自殺行為に驚愕する矢代（やしろ）だけど、大量に出血した男はなぜか服の下に傷一つない。しかもその男・司波（しば）は、なんと「俺は死ぬ方法を探してる」と告白‼　不老不死の薬を飲んで以来、150年生き続けているという。死という終着点を失くし、この世に居場所を見出せず永遠に彷徨う…。放っておけない矢代は、共に「死ぬ方法」を探すことに⁉

キャラ文庫最新刊

氷竜王と炎の退魔師

犬飼のの
イラスト✦笠井あゆみ

双子の弟への想いを断とうと、人間の全寮制男子校に進学した慈雨。同室になった先輩・ルカは、類稀な美貌を持つ退魔の異能力者で!?

悪役王子とお抱えの針子

中原一也
イラスト✦石田惠美

優れた刺繍技術を持つ「蜘蛛の怪物」の血を引くフィン。命の恩人の第一王子に仕えるはずが、皆が恐れる第五王子の針子に任命され!?

10月新刊のお知らせ

北ミチノ　イラスト✦みずかねりょう　[将校は高嶺の華を抱く(仮)]
砂原糖子　イラスト✦稲荷家房之介　[或るシカリオの愛]
遠野春日　イラスト✦円陣闇丸　[花嫁に捧ぐ愛と名誉　砂楼の花嫁5]

10/27(金)発売予定